s'imprimé in 12. a Paris chez le meme Libraire en 1657.

L'histoire du theatre françois ne parle point de cette piece
il y a aparence qu'elle n'a pas été jouée. L'auteur
Montgaudier n'a fait que cette seule Pièce.

10685.

B.L.

NATALIE,

OV LA

GENEROSITE

CHRESTIENNE.

TRAGEDIE.

Par le Sieur de MONTGAVDIER.

A PARIS,

Chez CLAVDE CALLEVILLE, au Mont S. Hilaire,
dans la Court des Bœufs, proche la Court d'Albret.

M. DC. LIV.

NATALE

OV LA

CHRIST...

TRAGEDIE

A MONSEIGNEVR

LE MARQVIS

DE MONTAVSIER,

GOVVERNEVR

ET LIEVTENANT GENERAL
pour ſa Majeſté és Prouinces de
Xainctonge, Angoulmois, haute
& baſſe Alſace, Lieutenant General en ſes Armées.

ONSEIGNEVR,

le prends la liberté de vous preſenter ce
Poëme, qui ne paroiſtroit qu'à ma honte, ſi
ſa foibleſſe n'eſtoit ſouſtenuë par vne puiſſan-
te protection, & qui ne peut manquer de
bon-heur ſi vous le fauoriſez de la voſtre.

ã ij

Ceux qui ne liroient point, s'ils n'esperoient de trouuer des choses indignes d'estre leuës, & dont les yeux déreglez ne s'attachent qu'au mal, n'oseront mettre mes Vers à l'inquisition apres auoir veu qu'ils vous sont dediez; l'accueil que vous leur ferez les fera receuoir de tout le monde, & leurs plus grossieres fautes cesseront de l'estre si vous faites semblant de les excuser. Il n'y a point de termes si barbares qui ne deuiennent François quand vous voudrez les naturaliser, & les façons de parler les moins pratiquées seront à couuert de toutes les censures si vous leur donnez vôstre approbation. Car il est vray, MONSEIGNEVR, que vous pouuez commander au langage aussi bien qu'aux armées, & Minerue toute entiere s'est tellement donnée à vous, que vous possedez tout son sçauoir & tout son courage. Ainsi ma Tragedie attend le jugement vniuersel du particulier que vous en ferez, & si ie suis assez heureux pour contribuër par son moyen à vostre diuertissement, ie croiray n'auoir pû faire vn meilleur employ de mon temps & de mon

trauail.

trauail. Peut-eſtre que mes Vers n'auront pas aſſez de bon-heur pour vous plaire, mais ie m'aſſeure que la paſſion que i'ay pour vôtre ſeruice ne vous déplaira pas, & que vous ne ferez pas moins d'accueil à ce petit eſſay, par lequel ie deſire vous en donner le premier teſmoignage qu'à des ouurages plus acheuez, puiſque ce que ie vous preſente eſt tout ce que ie puis, & que pour eſtre mauuais verſificateur, ie n'en ſuis pas moins

MONSEIGNEVR,

Voſtre tres-humble & tres-
obeiſſant ſeruiteur.
MONTGAVDIER.

ACTEVRS.

ADRIAN , l'vn des premiers Officiers de Maximian.

NATALIE , femme d'Adrian.

FAVSTE , Valet de Chambre d'Adrian.

THEODORE , coufine de Natalie.

MAXIMIAN , Empereur Romain.

APOLLINAIRE , } Capitaines des Gardes de l'Em-
PLACIDE , }   pereur.

MARTIAN , Maiftre de Camp, amoureux de Natalie

La Scene eft dans Nicomedie.

NATALIE

OV LA

GEN EROSITE CHRESTIENNE

ACTE PREMIER

SCENE PREMIERE.

NATALIE.

 VSQVES a quand Seigneur verrons
nous des espees
Dans le sang des Chrestiens cruellement
trempées,
Et leurs membres pourris sous la charge
des fers
Seruir auant la mort de nourriture aux vers?
Et ne verray-je point vos bras armez de foudre
Donner sur les faux dieux & les reduire en poudre,

A

Verray-je point crouler par monceaux escartez
Les temples abbatus sur leurs diuinitez,
A l'esclat de la Foy l'idolatrie esteinte,
Et l'Vniuers soumis la professer sans crainte?

Que si pour l'establir il faut encor du sang,
A quelle fin Seigneur espargnez vous mon flanc,
Pourquoy retenez vous mon ame infortunée
Dans les tristes liens d'vn cruel Himenée?
Car enfin tout supplice a pour moy des appas
Au respect d'vn espoux qui ne vous aime pas.
Quelque haute vertu dont l'esclat l'enuironne,
Son erreur à mes yeux derobe sa personne,
Et ce fascheux object qui me suit en tout lieu
Ne me descouure en luy qu'vn ennemy de Dieu.

Source des veritez, Ocean de lumieres,
Seigneur, vous luy pouuez faire ouurir les paupieres,
Vous pouuez l'esclairer de ces rayons d'amour
Qui dissipent la nuict & ramenent le iour,
Qui portent nos esprits au dessus de nous mesmes
Qui nous traisnent à vous par des douceurs extremes
Et sans nous aduertir se glissants dans nos cœurs
Font souuent des martyrs de nos persecuteurs.

Ie vous prie, ô Grand Dieu, Pere de toute chose,
De faire en Adrian cette Metamorphose,
Qu'il soit Chrestien, Seigneur, car apres cét effort
Ie verray d'vn mesme œil & sa vie & sa mort:
L'vne & l'autre pour moy sera pleine de charmes

On versera son sang sans attirer mes larmes,
Et tout euenement me pourra sembler doux
aprenant qu'il expire ou respire pour vous.
   Genereux prisonniers inuincibles esclaues
Qui brauez les tyrans au milieu des entraues,
Vous dont le Ciel propice entend tous les souspirs
Ioignez des vœux pressans à mes iustes desirs,
De vos Sainctes feruers . . . .

SCENE II.

NATALIE, & TREODORE, fournies de lin-
ge & d'Onguents, vont visiter & panser
les prisonniers Chrestiens.

THEODORE.

Allons nous ma cousine?

NATALIE.

Allons ie vous attends.

THEDORE.

                  I'apporte vne eau diuine
Dont ie veux faire essay, c'est vn secret nouueau.

NATALIE.

Puis qu'il à voſtre aueu ſans doubte il eſt fort beau
Ce n'eſt pas d'auiourduy qu'on loüe vos receptes
On m'a fait grand recit des cures que vous faites,
Et voſtre cabinet qu'vn chacun m'a vanté
Allume tous les iours ma curioſité;
Ie le veux aller voir on en dit des merueilles.

THEODORE.

Vous verrez ſeulement vn amas de bouteilles,
des vaſes & ſachets placez confuſement;
S'il vous plaiſt toutesfois d'y paſſer vn moment
Au ſortir des priſons vous ſerez ſatisfaicte.

NATALIE.

Ma ſatisfaction ſeroit bien plus parfaiſte
Et ie receurois bien des plaiſirs plus entiers
Si vous marchiez vn iour par de meilleurs ſentiers,
Vn motif different dans la priſon nous meine,
Vous ſuiuez les appas d'vne tendreſſe humaine,
Et la compaſsion, qui vous touche le cœur
Auroit deſ ja ceſſé ſi vous n'eſtiez plus ſœur,
Tous ces empreſſements naiſſent de la nature;
La mienne a pour agir vne cauſe plus pure
Au deſſus des attraits de la chair & du ſang,
Elle à le cœur trop bon pour marcher en ce rang,

Et

Et tiendroit à mespris d'estre estimec esgale
Au plus haut sentiment d'vne vertu morale,
Elle est Chrestienne enfin, & voyant les liens
Qui pressent vostre frere & les auttes Chrestiens,
Elle n'a pas pour luy de plus fortes atteintes,
Tous luy sont aussi chers, tous resueillent ses crain-
    tes,
Ces linges sont pour tous & tous esgalement
Vont estre secourus de se medicament.

THEODORE.

Ainsi mes sentimens sont conformes aux vostres,
Mon frere plus soigneux de la sante des autres
Que de la sienne propre estoit incessammant
A me solliciter pour leur soulagement,
malgrè la pourriture & puanteur extreme
Ie les seruis en sœur & depuis ie les aime,
Et ne puis sans douleur perdre leur entretien.

NATALIE.

Courage cette humeur tient beaucoup du Chrestien,
il ne vous manque plus que d'estre baptisée,

THEODORE.

Railleuse.

NATALIE.
             le dis vray.

                                    B

THEODORE.

Si i'eſtois moins ruſée
Vous pourriez me ſeduire; helas c'eſt bien enuain
Si vous auez conceu ce criminel deſſein,
Mon frere a m'en parler a perdu ſes eſcrimes,
Ie ris de ces leçons, ie raille ſes maximes;
Car vos ſonges plaſtrez ont tropt de vanité
Pour abuſer iamais de ma credulité.

NATALIE.

Vn iour ces veritez que vous nommez des ſonges,
Et qui paſſent chez vous pour de foibles menſonges
Seront entierement l'obiect de voſtre amour.

THEODORE.

Ie croy que de long temps ie ne verray ce iour;

NATALIE.

Non non quand Dieu nous veut, quelque combat
qu'on faſſe,
C'eſt enuain qu'on reſiſte aux efforts de ſa grace,
C'eſt peut eſtre auiourd'huy, c'eſt peut eſtre demain
Qu'il a determiné de vous tendre la main;
Mais Fauſte viens à nous & paſlit ce me ſemble.

SCENE III

NATALIE, THEODORE, FAVSTE.

NATALIE.

Qv'elle nouuelle Fauste?
FAVSTE.

Ha Madame ie tremble,
La grandeur du peril estonne ma raison,
Mon Maistre ne vit plus ou respire en prison,
Madame il est Chrestien, mais.....

NATALIE.

Quel mais peus tu dire?
Qu'apresent tout le monde assemblé pour nuire
Ioigne effort sur efforts, Adrian est Chrestien,
Ie n'ay plus rien à craindre & ne pretends plus rien,
L'exez de ce bon-heur a mon ame rauie;
Ha mon cher Adrian vous me rendez la vie!
FAVSTE.

Ce transport me surprend, Madame, il va mourir,
Et loing de vous en plaindre ou de le secourir,
Loing de vous emploier enuers l'Imperatrice,

NATALIE.

Dis plus, ie voudrois mesme aduancer son supplice,
Irriter contre luy moy mesme l'Empereur,
Et si ce sentiment te donne de l'horreur...

THEODORE.

Quoy vous doutez, encor, cruelle, s'il en donne?

NATALIE.

Ouy i'en doubte en effet, & la raison l'ordonne,
Puisque ie parle a fauste, & qu'il ne doubte pas
Que l'immortalité ne suiue vn tel trespas,
Qu'vn moment de douleurs n'enfante pour la gloire
Des tresors infinis.

FAVSTE

              Madame il le faut croire,
Mais quand perdant vn maistre on perd tout son sou-
    stien,
Celuy la qui le pleure en est il moins Chrestien ?

NATALIE.

Ie sçay bien que la Foy peut souffrir la nature,
Mais qui pour l'affranchir & la rendre plus pure
Estouffe des souspirs qu'il a droit de former,
Arreste des transports que nul ne peut blasmer,

                                   Et voit

Et voit la mort des siens du mesme œil qu'vn voyage,
Ne tesmoigne t'il pas en sçauoir mieux l'vsage?
Essuie donc ces pleurs & loing de t'affliger
Pour la mort d'Adrian dont tu vois le danger
Porte tes yeux au Ciel sur la gloire eternelle
Dont Dieu couronnera sa constance & son zele.

T HEDORE.

Comment s'est-il rendu? fais nous en le discours.

FAVSTE.

Maximian, Madame, estant sorti du cours
Voulut sur vn Chrestien donner cours à sa rage;
En vain s'efforça-t'on d'esbranler son courage,
Plus ferme qu'vn rocher il braue les bourreaux,
Il voit sans s'effrayer, son sang soubs leurs couteaux
Couler de toutes parts & sa cher entamee
Rendre sur les charbons vne espaisse fumee,
Toute la cour s'estonne, & mon maistre sur tous
Semble souffrir sur soy le contrecoup des coups,
Tant de souspirs pressez sortent de sa poitrine,
Tant il verse de pleurs, tant sa face chagrine
Est peinte de douleur, il a l'œil attaché
Tantost sur ce beau sang qui vient d'estre espanché
Tantost sur l'empeur, & tousiours vn nuage
Couure le teint vermeil de son triste visage,
Il tient le front panché sur son bras racourci

C

Pendant que son esprit flotte dans le souci,
Que son cœur se partage, & ce rude diuorce
Le brise de souspirs, & l'espuise de force.
Vne moite sueur luy court par tout le corps,
Et le feu qu'il couuoit gaigne enfin le dehors,
Il embrase ses yeux, allume son teint pasle,
Imprime sur son front vne couleur plus masle,
Luy rassure le cœur, & l'anime si fort,
Qu'il braue Iupiter, l'Empereur, & la mort.
Mais qui peut raporter ses ardentes paroles?
Ie suis Chrestien, dit-il, i'aborre les Idoles,
i'en deteste le culte, & ie n'ay point de sang
Duquel pour l'abolir ie ne vuide mon flanc;
O Genereux martir qui m'en donnez l'exemple
Vous que sur les brasiers le fils de Dieu contemple,
Les couronnes en main, iettez les yeux sur moy
Du sejour de la gloire & soustenez ma foy.
Cependant que sans crainte il descouure sa flamme
Maximian l'entend & enrage dans l'ame,
Il feint : mais le voicy qui vous apprendra tout.

SCENE IV.

ADRIAN, FAVSTE, THEODORE, APOL-
LINAIRE.

ADRIAN.

ENfin voſtre conſtance en eſt venuë a bout,
I'abandonne les dieux & le ſoing de ma vie.

NATALIE.

Ha mon cher Adrian!

ADRIAN.

Ma chere Natalie!

NATALIE.

Source de mes pleſirs que ce nouuel eſtat
A vos yeux detrompez donne vn aimable eſclat,
Et que ſur vous le grace a reſpandu de charmes;
C'eſt vous, c'eſt vous Seigneur qui tariſſez mes lar-
mes,
Qui m'auez exaucée & n'auez peû ſouffrir
Qu'vn mari tant pleuré vint enfin a perir.
Vous priſez trop les pleurs d'vne ame qui ſouſpire,
Et ſur vous nos douleurs exercent tropt d'empire,

Pour estre inexorable a mes iustes desirs
Quand vostre seul amour enfantoit mes souspirs.
Enfin il est Chrestien, enfin l'enfer enrage
De le voir desormais hors de son esclauage,
Et le Ciel & la terre au seul bruict de sa foy
Prendront part a ma ioye & diront auec moy.
Beni soit le Seigneur que tout Chrestien adore,
Que depuis l'astre froid iusque au riuage more,
Et de la mer d'espagne aux peuples du leuant
Echo porte son nom sur les aisles du vent,
Pour aprendre aux mortels que Dieu nous a fait
    grace
Que tous nos ennemis ont fui deuant sa face,
Qu'il a leuè le bras & brisé nos liens,
Et qu'il n'est point de Dieu que le Dieu des Chrestiens
Qu'il est Dieu d'Adrian & de sa Natalie,
Qu'il est le Dieu de Rome & de Nicomedie.

APOLLINAIRE.

Monsieur ie vous ay dit auec sincerité
Tout ce qu'vn amy peut en cette extremité,
Et vous iugez assez que Maximian mesme
Tout irrité qu'il est vous honore & vous aime,
Et, sçachant a quel point ie vous suis seruiteur,
Qu'il ne m'auroit iamais fait vostre conducteur
Sans l'espoir qu'il at beu qu'enfin ie vous rameine
Et qu'vn prompt repentir vous derobe à sa haine

ADRIAN.

Monsieur n'en parlons plus, ie veux mourir Chrestien.

APOLLINAIRE.

Monsieur encor vn coup ne præcipitez rien,
Cette mort genereuse ou vous trouuez des charmes
Vous paroistra bien tost comme vn subiect de larmes,
Et cette prompte ardeur s'esteignant peu a peu,
Plus elle approchera moins vous aurez de feu,
Vous la verrez alors dans ses atours funebres
Dans l'effroy du silence & l'horreur des tenebres,
Dans le trouble, la crainte, & la confusion,
L'oubly, le desespoir & la priuation.
Est il à ces objects fermeté qui ne plie ?
Iugement qui resiste a la melancolie,
Constance qui ne branle & courage assez fort
Pour oser sans fraieur enuisager la mort ?
Non il n'en fust iamais, cette funeste image
Ne frappe point les sens ou change le courage.

ADRIAN.

Ie porte ma pensee encor plus loing que vous,
Et sans faire à la mort vn visage tropt doux,
Sans presumer de moy, i'aduoue ma foiblesse,
Et cognois sa rigueur sans que mon zele cesse;
Ouy, quelque cruauté qu'on forge en mon trepas,

D

Si Iesus me soustient ie ne trembleray pas,
Puisqu'il est ma valeur ie dois estre inuincible,
Et s'il est mon appuy ma cheute est impossible.

APOLLINAIRE.

Vostre ardeur vous seduit

ADRIAN.

Ma puissance est mon Dieu.

APOLLINAIRE.

Et conte Iupiter croiriez vous qu'elle eut lieu?

ADRIAN.

Iupiter fust vn homme & le poids de ses crimes
L'accable sans repos dans le fond des abysmes,
Gemissant soubs la main du Seigneur que ie sers
Sans que tous vos encens adoucissent ses fers.

APOLLINAIRE.

Vous vous emportez tropt, s'il auoit pris sa foudre
La croix de vostre Dieu seroit reduite en poudre,
Et tout Chrestien prendroit la terre auec les dents,
Il roule dans le Ciel ses chariots ardents
Genereux successeur de Saturne son pere,

ADRIAN.

Si vostre aueuglement n'estoit point volontaire
Vous auriez le Soleil tout entier dans les yeux,
Quoy vous imaginer vn Dieu chassé des Cieux
Dont la race ait puni l'infame gloutonie,
N'estce pas dementir la puissance infinie
Et tous les attributs de la diuinité?
Car si Saturne a sceu de toutte Eternité
Luy deuoir naistre vn fils qui rauiroit son sceptre
Et n'a peu l'empescher...

APOLLINAIRE

                    Il a deu le permettre
Et n'a peu s'opposer aux volontés du sort,
Qui souuent donne aux dieux des souhaits pour la
    mort.

ADRIAN.

Quelle est donc leur grandeur? s'ils ne font rien
    paroistre
Qui porte leur nature au dessus de nostre estre
Que leur vie immortelle & souuent dites vous,
Ils tiendroient à faueur de mourir comme nous.
Ie plains ces pauures dieux qu'estonne la foiblesse,
Que l'impureté souille & le desespoir presse
Ou l'ignorance regne & dont la cruauté
forme le dernier trait d'vne diuinité

APOLLINAIRE.

Çà parlons d'autre chose, haïssez vous la vie?

ADRIAN.

I'attends auec plesir qu'elle me soit rauie,
Ie sçay qu'estant en Cour & du rang que i'y tiens
On voudra par ma mort effrayer les Chrestiens,
Mais Dieu qui des mortels sçait rompre l'entreprise
Rendra mon sang fœcond pour peupler son Eglise.

APOLLINAIRE.

Au moins considerez le genre du trepas,
Mourir d'vn coup de l'ance au milieu des combats
Est vn sort glorieux, mais que la main barbare
D'vn infame Bourreau vostre teste separe
Sur le sang des meurtriers, & aux yeux de la Cour,
C'est adiouter la honte à la pertte du jour.

ADRIAN.

Qui meurt innocemment meurt sans ignominie.

APOLLINAIRE.

Desobeyr au Prince est vne felonie
Et vous mourrez tousiours criminel en ce point.

ADRIAN.

Son edict est iniuste, & ne m'oblige point.

APOLLINAIRE.

Est-ce à nous d'en iuger?

ADRIAN.

                Ouy dans cette occurrence,
Ou Dieu prend interest tout se met en balance,
Mais nous perdons du temps & nous n'aduançons
   rien;
Monsieur n'en parlons plus ie veux mourir Chrestien.

APOLLINAIRE.

I'execute à regret vn ordre qui m'afflige.

ADRIAN.

I'accepte auec plesir vn arrest qui m'oblige,
Plus il a de rigueur d'autant plus m'est il doux.

THEODORE.

Helas mon cher cousin ayez pitié de vous,
Ne vous obstinez point dedans cette humeur noire
ou pensez vous aller?

ADRIAN.

                Au martire, à la gloire,
A l'immortalité.

E

THEODORE.

Ie vois bien auiourd'huy
Que c'est fait de mon frere & qu'il n'a plus d'appuy.
Helas i'ay dit souuent en soulageant ma peine
Par le recit flatteur d'vne esperance vaine,
I'espere en mon cousin, il a tropt de credit
Pour ne moderer pas la rigueur d'vn Edit
Et dans ce grand pouuoir que ne peut il pas faire
Pour adoucir le Prince en faueur de mon frere,
Mais vostre desespoir vous va perdre tous deux

ADRIAN.

Si le jour de la foy vous entroit dans les yeux,
Bien loing de conceuoir cette iniuste tristesse,
Vous & m'a Natalie auriez mesme alegresse:
Mais ce n'est pas le lieu de nous entretenir;
Entrons dans la prison.

THEODORE.

Ce seroit me punir
D'vne estrange façon s'il me falloit comme elle
Suiure vne folle erreur & deuenir cruelle,
Non non i'auray tousiours mesme ressentiment
Et n'entreray iamais dans vostre aueuglement.

ADRIAN

Esclatantes Maisons des Princes de la terre,

Palais diuertissans ou l'or couure la Pierre,
Cabinets enrichis, bastimens enchantez,
Vous n'auez rien d'esgal parmy vos vanitez
Aux attraits de ce lieu cette voulte relente,
Ces cachots empestez d'vne haleine puante,
Ces grottes à lions, ces manoirs de crapaux,
Ces vieux paroirs fumez, ces humides caueaux
Ont des charmes secrets dont la douceur m'attire,
Enfin à ce moment commence mon martire,
Ie vois desia les fers que i'ay tant souhaittez,
I'approche des liens dont furent garottez,
Tant d'Illustres martirs, ie touche leurs entraues
Et baise auec respect les verroux de leurs caues.

Fin du premier Acte.

ACTE II

SCENE PREMIERE.

MARTIAN, seul.

RASIERS enseuelis sortez de vos
    tombeaux,
R'allumez vous encore infortunez
    flambeaux,
Et d'vne prompte ardeur ambrasez ma
  poitrine:
J'ayme encor Natalie & mon amour s'obstine
A former des desseins ou la raison se pert,
Vn raion d'esperance à mes yeux s'est offert,
Et comme si desia Natalie estoit vefue,
Ce feu precipité qui dans mon cœur s'esleue
Me promet sa conqueste & traisne puissammant
Mes sens ensorcelez dedans l'aueuglement.
Arreste esprit trompeur qui flattes mon courage
Dans l'espoir incertain d'vn pretendu vefuage,

Adrian

Adrian vit encore & l'Arrest de sa mort,
N'adouciroit en rien les rigueurs de mon sort,
Natalie à mes yeux tousiours inexorable
paieroit de mespris ma flamme impitoiable
Et l'amour ne pouuant faire breche à son cœur,
Cette ingrate beauté riroit de ma douleur;
Il me doibt souuenir de mes premiers seruices,
Et sans m'abandonner à de nouueaux supplices,
Puisque son naturel est si contraire au mien,
La plus grande finesse est de n'esperer rien,
Cessez donc tout a l'heure indiscrettes pensées
Qui nourrissez de vent mes flammes insensées
Et n'importunez plus celuy que la raison
Veut charitablement deliurer de prison.

    Helas elle le veut, mais ma chaisne est tropt forte,
Et malgré ses Conseils ma passion l'emporte:
Ouy ie resue tousiours à cet obiect vainqueur,
Ie luy dresse vn Autel dans vn coin de mon cœur,
Ou la secrette ardeur contre qui ie m'irritte
D'vn culte opiniastre adore son merite
Ie me trahis moy-mesme, & ie change en poison
Ce dont les qualitez rendent la guerison,
Ma chaisne se grossit alors qu'on me l'arrache,
Vne main lie encor ce que l'autre detache,
Et ie treuue à la fin que ie me suis lassé
Contre vn torrent rapide & n'ay rien aduancé.
    C'est bien plus à propos aimable Natalie

                                    E

D'obeyr sans contrainte à vostre tyrannie
& puisque Martian ne peut viure sans vous
De ne combattre plus contre vn espoir si doux
Par l'importunité d'vne longue poursuitte
On obtient les faueurs qu'on refuse au merite
Et le temps grand ouurier de mille changements
Soulage tost ou tard les trauaux des amans.
Et pourroit elle bien mespriser ma requeste,
Quand mon fascheux riual aura laissé la teste
Sous le fer des bourreaux & qu'elle poura voir
De mon fidelle amour l'admirable pouuoir,
Qu'elle enuisagera sa constante durée
Qu'vn Hymen rigoureux n'aura point alterée,
Et qui Conserue encor de violents brasiers
Apres vn desespoir de treize mois entiers?
Non elle aura pitié des tourments que i'endure,
Et iose presumer qu'en cette conionĉture
Se voyant sans espoux & sans election
Elle pourra m'aimer par inclination,
Ou que l'ambition se glissant dans son ame
Elle fera des vœux pour rappeler ma flamme
Et ioindre aux traits charmans de sa grande beauté
L'esclat de ma fortune & de ma dignité,
Mais si son cœur enfin refuse cette amorce
Ie pourray me resoudre à la rauir de force,
Et deusse ie irriter contre moy tous les dieux
Contenter mon amour & mourir à ses yeux.

SCENE II.

MAXIMIAN, APOLLINAIRE, MARTIAN.

MAXIMIAN.

ET bien noſtre Adrian perſiſte t'il encore
Dans le meſpris des dieux que mon empire honore,
s'obſtine t'il touſiours dans l'erreur des Chreſtiens?

APOLLINAIRE.

Ouy Seigneur il triomphe au milieu des liens,
Il rit de nos riguenrs il braue nos menaces,
Ny l'eſpoir des faueurs, ny la peur des diſgraces
Rien ne peut esbranler ſa funeſte vertu.

MAXIMIAN.

De diuers mouuements mon eſprit combatu
Flotte entre la pitié la colere & la haine;
Ie ne puis ſans regret perdre vn tel Capitaine,
Et l'intereſt des dieux combat ſi fort le mien,
Qu'il faut ſouffrir ſa perte ou ſouffrir vn Chreſtien;
Triſte neceſcite, mais iuſte tirannie
Puiſque ma cruauté par ſoy-meſme eſt punie

Et qu'vn destin cruel me force a me rauir
Vn guerrier que i'estime & qui peut me seruir.

APOLLINAIRE.

Seigneur il est a vous vous le pouuez absoudre,

MAXIMIAN.

Mais son impunité m'exposeroit au foudre,
Tout Chrestien me doit estre vn obiect odieux,
I'ay iuré leur defaicte & ie la dois aux dieux.

APOLLINAIRE.

Les dieux seroint atteints d'vne iuste tristesse
Si vous versiez du sang pour vn trait de ieunesse
Et priuiez vostre estat d'vn genereux appuy
Qui se rendra demain s'il s'obstine auiourd'huy,
Qui condamne en son cœur le transport temeraire
Qui l'expose aux rigueurs d'vne haute colere
Qui viendroit offrir l'encens aux immortels
S'il pouuoit sans rougir s'aprocher des Autels,
qui viendroit a vos pieds se declarer coupable
S'il pouuoit eschaper la honte ineuitable,
Qu'apres vn changement si public & si prompt
Vn retour trop haste luy mettroit sur le front,
Permettez luy, Seigneur, vn repentir honeste,
Souffrés que sans oprobre il conserue sa teste
Et fuie les soupçons qu'il craint plus que la mort

D'vn

D'vn homme sans courage ou d'vn esprit peu fort.

MARTIAN.

Ne treuuez pas mauuais Seigneur si ie m'oppose
Aux dangereux Conseils qu' Apollinaire expose,
Et si m'interessant pour les dieux & pour vous
I'allume en vostre cœur vn genereux courroux.
Adrian est Chrestien & nous venons d'apprendre
Qu'vn heureux repentir le presse de se rendre,
Mais que la honte seule en retarde l'effect;
Puissante coniecture! apres vn tel forfait
Qui le rend criminel aussi bien comme infame
La honte de changer peut entrer en son ame :
Celuy qui des bourreaux attend la cruauté
Peut craindre les soupçons d'vne legereté?
Et dans le triste estat ou son orgueil le plonge
Pressé de vrais dangers s'alarmer pour vn songe?
Car enfin cette honte a peu de fondement
L'inconstance est louable en cet euenement
Et l'obstination ne peut estre suiuie
Que d'vn long des-honneur & d'vne courte vie.
Mais ne presumons pas que le temps puisse rien
Sur l'esprit endurcy d'vn superbe Chrestien,
Dans son illusion d'heure en heure il s'obstine
Et loing de s'esbranler son erreur prend racine.
Ie sçay que la valeur qu' Adrian a fait voir
De mes fortes raisons affoiblit le pouuoir,

G

Qu'vn tendre sentiment vous presente l'image
De sa force guerriere & de son grand courage
Et fait sonner si haut si haut les exploits de son bras
Que son crime auspres d'eux ne se découure pas.
Considerez Seigneur combien est redoutable
La temeraire ardeur d'vn genereux coulpable
Et vous ressouuenez du destin solemnel
Qui promet aux Chrestiens vn empire eternel,
Que peut estre ces temps touchent l'heure fatale
Qui les doit assurer de l'aigle imperiale
Et que pour entreprendre vn dessein si hardy
Adrian chaque iour par vos soings agrandi
Ambrassant le party de cette infame secte
Rend sa foy dangereuse & sa valeur suspecte.

APOLLINAIRE.

Vrayment vous nous contez d'agreables terreurs,
Ignorez vous encor quels sont nos Empereurs,
Pour craindre les desseins d'vne trouppe impuissante
Que nostre seul abord rempliroit d'espouuante?
Mais vous ne sçauez pas l'interpretation
Du glorieux subiect de leur ambition;
Ce Royaume eternel pour lequel ils soupirent,
Dans l'attente duquel sans regret ils expirent
N'est qu'vne illusion de leur entendement
Qui se figure vn Ciel dessus le firmament
Ou de ce corps mortel leurs ames deliurées

Soient eternellement de nectar enyurées,
Ou des plus doux obiects l'amas delicieux
Contente leur esprit & recree leurs yeux
Ne leur envions point ce bien imaginaire.

MAXIMIAN.

Si faut il qu'Adrian se resoude a me plaire
Ou qu'en punition de sa temerité;
I'appaise dans son sang mon esprit irrité.
Placide donnez ordre afin qu'on nous l'ameine.

SCENE III.

MAXIMIAN, APOLLINAIRE, MARTIAN

MAXIMIAN.

EN quel estonnement en quelle horrible peine
O dieux : reduisez vous mon cœur irresolu?
Que me sert cette gloire & l'Empire absolu
Que i'ay sur l'vnivers? si i'entre en l'esclauage
De la haine, l'amour, la tendresse, & la rage
Aueugles possesseurs d'vne ame sans clarté
Et bourreaux insolents d'vn cœur sans liberté?

APOLLINAIRE.

Seigneur vous allez faire vn coup irreparable,

La raison d'Adrian n'est point encor traittable,
La fureur le conduit & dans son entretien
Meslera sans respect vn sentiment Chrestien,
Il peut dans sa chaleur lascher quelque blaspheme
Et vous mettra sans doubte en vn courroux extre-
me:
Differez de le voir.

MAXIMIAN.

Martian qu'en dis-tu?

MARTIAN,

Qu'enuers luy la pitié n'est point vne vertu,
Qu'on luy fait trop de grace & qu'il faut tout a l'heu-
re
Qu'il offre aux immortels de l'encens ou qu'il meure,
Qu'il soit fait leur victime ou n'en refuse pas,
Qu'il marche vers le Temple ou qu'il coure au trepas,
Qu'il quitte son erreur ou qu'il perde la vie.

APOLLINAIRE.

Il est iuste en effet qu'elle luy soit rauie,
Si pour le retirer de son aueuglement
La bonté de Cæsar, l'effroy du chastiment,
Les offres, les bien-faicts, l'artifice, les larmes
Et mille autres moiens sont de tropt foibles armes;
Mais s'il nous reste encor quelque voye a tenter

On sçait trop ce qu'il vaut pour rien precipiter,
Sa vie a trop seruy pour endurer sans honte
Qu'il la perde à nos yeux par vne mort trop prompte,
Et nous regretterions vn sang si pretieux
Qu'on pouuoit mesnager sans offenser les Dieux.
Souuenez-vous Seigneur qu'il n'est point de victoire
Plus digne du triomphe & plus pleine de gloire
Que celle qui s'obtient à quel prix que ce soit
Sur l'esprit d'vn Chrestien que la fureur deçoit,
Que le Ciel vous en offre vn moyen fauorable,
Que pour y paruenir toute voye est loüable
Et que vous deuez faire vn genereux effort
Pour tirer Adrian des ongles de la mort.
Mais il entre Seigneur.

SCENE IV.

ADRIAN, MAXIMIAN, APOLLINAIRE
MARTIAN, PLACIDE.

MAXIMIAN.

       O Ciel ! se peut-il faire
Que l'ennemy des Dieux, l'objet de ma colere,
Qu'Adrian, qu'vn Chrestien se presente à mes
   yeux?

H

ADRIAN.

Par vos ordres Seigneur on m'ameine en ces lieux.

MAXIMIAN.

Miserable Adrian ie plains ta destinée
Que ton funeste erreur va rendre infortunée
Et dans le sentiment d'vne tendre pitié
Ie t'offre le pardon auec mon amitié.

ADRIAN.

Il faut que le pardon presuppose le crime
Et tout ce que i'ay fait me paroist legitime,
On ne pardonne point vne bonne action,

MAXIMIAN.

Chrestien n'abuse pas de ma compassion,
Pense que ie me fais par vn effort extreme
Injuste enuers le Ciel, injuste enuers moy-mesme,
Et que si ta raison ne veut ouurir les yeux
Ie me feray iustice aussi bien qu'a nos Dieux.

ADRIAN.

L'effect m'en sera doux mon ame est toute preste
D'affronter les bourreaux & leur offrir ma teste,
Et rauy d'esperer vn si precieux sort
Ie hay vostre pitié qui retarde ma mort,

MAXIMIAN.

Prodigieux effect de son extrauagance !

MARTIAN.

Mais plustost d'vne vaine & insigne arrogance,
Ha Seigneur c'en est trop, punissez, vengez-vous,
Laschez contre vn ingrat les resnes au courroux,
Et ne differez plus l'arrest de son supplice.

APOLLINAIRE.

Puisque l'aueuglement le traisne au precipice,
Loing de presser sa perte & luy haster le pas,
Nous deuons malgré luy l'arracher au trépas,
Le tirer de la voye en laquelle il s'engage
Et guider sa raison dont il n'a plus l'vsage.

MARTIAN.

Qu'il meure ou sacrifie.

MAXIMIAN.

Ouy i'ay trop pardonné :
Il mourra l'inflexible, il mourra l'obstiné,
Mais dans vn long tourment qui tarissant ses veines
Par des coups redoublez fera viure ses peines,
Et luy rendra la mort le moindre de ses maux.

ADRIAN.

Vn homme armé de Dieu ne craint point les trauaux

Rien ne peut esbranler son ame genereuse,
Son courage est plus grand que la mort n'est affreuse,
Et toutes vos rigueurs ne sçauroient paruenir
Au comble des douleurs que ie puis soustenir.

MAXIMIAN.

Ha Chrestien ton orgueil te coustera la vie
Placide....

APOLLINAIRE.

Helas Seigneur excusez sa manie,
Ou puis qu'il voit le iour comme vn objet d'ennuy
Ne le punissez pas pour vous vanger de luy.

MAXIMIAN.

Moy souffrir vn Chrestien? qu'vne insolente secte
De sa contagion toute la terre infecte,
Et que degenerant de mon auersion
I'abandonne les Dieux à leur discretion,
Que ie sois soupçonné d'estre d'intelligence,
Et deuant signaler mon nom par ma vengeance,
Deuant noyer l'erreur dans des fleuues de sang
Sans respect d'amitié, de sexe, ny de rang;
Deuant à la pitié tenir mon ame close:
Qu'vne lasche tendresse à mes desirs s'oppose,
Seduise ma colere & desarme ma main;

MARTIAN

MARTIAN,

O dignes sentimens d'vn Empereur Romain
Ainsi tousiours le Ciel à vos vœux fauorable
Aux plus fiers ennemis vous rendra redoutable,
Ainsi vous receurez les tiltres glorieux
D'ennemy des Chrestiens & protecteur des Dieux.

ADRIAN.

Protecteur dites vous? il est donc necessaire
Qu'vn Empereur mortel soit le Dieu tutelaire,
De vos diuinitez, & vous offrez l'encens
Aueugles malheureux a des Dieux impuissans,
Vous deffendez des Dieux qui vous deuroient de-
      fendre,
Et leur faites vn bien qu'ils ne sçauroient vous
      rendre,
Car la protection qu'ils reçoiuent de vous
Nous montre clairement qu'ils sont moins Dieux
      que nous,
Ceux-là seroient des Dieux ausquels l'homme peut
      nuire,
Que le moindre artisan peut forger & destruire,
Qui n'ont point d'action & sans vostre maintien
Se verroient renuersez par le bras d'vn Chrestien?
Ha qu'ils sont esloignez de l'adorable essence
Qui tira l'Vniuers du sein de sa puissance,

I

Qui partage les temps à la nuict & au iour
Et conserue pour nous des abismes d'amour.
C'est l'estre souuerain, l'estre incomprehensible
Qui sçait tout, qui peut tout, dont l'esprit inuisible
Anime tous les corps & d'vn concours esgal
Donne l'estre à la pierre & l'ame à l'animal,
Rend l'homme raisonnable & communique aux
   ames
L'amoureuse chaleur de ses diuines flâmes.
O Dieu dans quels transpors n'entrent point vos
   amans
Quand vous leur découurez des objets si charmans,
Quand vous leur presentez ces attraits efficaces,
Et abreuuez leurs cœurs des torrents de vos graces?
Alors la vie pese & pour s'vnir à vous
Les plus cruels trépas sont des liens trop doux,
D'ineffables douceurs vne ame possedée
Vous aime, vous desire, & n'a plus d'autre idée.

MAXIMIAN.

Tu m'en apprendrois plus que ie n'en veux sçauoir,
Cesse de discourir & pense à mon pouuoir;
Ie ne t'allegue point les preuues autentiques
Qui combattent ta secte, & ces Temples antiques
Qui pourroient contenir mille diuinitez,
Il suffit que i'ordonne, & que mes volontez
Doiuent seruir de regle à tout ce qui respire

Dans le vaste circuit qu'embrasse mon Empire,
Obeis donc Chrestien, & ne t'obstine plus.

ADRIAN.

Seigneur pour m'esbranler vos soins sont superflus
Il faut qu'auec la foy ie conserue la vie
Ou que dans les tourmens elle me soit rauie.
Commandez l'vn ou l'autre & i'obeis.

MAXIMIAN.

L'effect
Differe trop souuent dès projets qu'on a faict,
Et cette fermeté qui fait ta resistance
Peut bien se trouuer courte au fort de ta souffrance,
I'attends que les douleurs qu'on te fera sentir
T'arracheront enfin vn triste repentir,
Et que tu sois contraint dans ces tourmens extremes
D'implorer, quoy qu'en vain, les Dieux que tu
    blasphemes.

ADRIAN,

Et moy i'attends que Dieu me vienne secourir,
Que sa charmante voix m'encourage à mourir,
Et que souffrant pour luy des peines sans pareilles
Vous vous sentiez contraint d'en croire les merueilles.

MAXIMIAN.

I'en verray le succez; Placide approchez vous.

APOLLINAIRE.

Seigneur encor vn coup moderez ce courroux
Que voſtre Majeſtè ....

MAXIMIAN.

Ceſſez Apollinaire,
Ne m'importunez plus d'vne injuſte priere,
Ie l'ay trop ſupporté. Placide eſcoutez bien
L'ordre que ie vous donne & n'en obmettez rien.
Ie veux que tout à l'heure on le meine à la hale,
Ou s'il eſt plus de peuple à la place Royale
Qu'il y ſoit ſans delay traiſné par vn bourreau,
La qu'il ſoit deſpoüillé, lié contre vn poteau,
Et tellement battu que ſa chair toute ouuerte
De gros boüillons de ſang ſoit largement couuerte.
Preſſez-le cependant d'obeir à mes loix,
Et ſi ces cruautez pour la premiere fois
Ne peuuent ramener ſon ame opiniaſtre,
Que quatre hommes puiſſans ſe laſſent à le battre
Auec de gros baſtons garnis de nœuds preſſez,
Qu'on luy briſe les nerfs, & ſi ce n'eſt aſſez
De ce nouueau tourment pour guarir ſa folie
Qu'on luy batte le ventre auec tant de furie
Que ſes boyaux ſortis luy donnent de l'horreur.

ADRIAN.

Ie vous ſuis obligé fauorable Empereur,

Du

Du soin que vous prenez d'ordonner pour ma gloire
Les combats dont i'espere vne entiere victoire.
Vn violent desir de signaler ma foy
Me faict voir vos rigueurs bien au dessous de
    moy,
Et ie meurs de plaisir lors que ie considere
Que Dieu pour qui i'endure est mon riche salaire.

APOLLINAIRE.

Seigneur...

MAXIMIAN.

Ha ie suis las d'en estre importuné;
Placide executez l'ordre que i'ay donné
Et me deliurez tost de cette inquietude.

PLACIDE.

I'apporteray Seigneur toute la promptitude
Qu'on sçauroit demander en cette occasion.

APOLLINAIRE.

Sors enfin malheureux de ton illusion
Puis qu'il est temps encore & rentrant en toy-mesme
Crains pour l'amour de nous vn deshonneur extreme,
Si ton propre interest ne te peut esmouuoir. *Placide re-
meine Adrian
en prison.*

K

MAXIMIAN.

J'espere que les fouets auront plus de pouuoir,
Que n'ont eu nos discours, & que les bastonnades
Abbaisseront l'orgueil de ses rodomontades.

MARTIAN.

Son courage & sa chair auront vn grand procez.

MAXIMIAN.

Et tous les deux sans doute vn fort mauuais
succez.

Fin du second Acte,

ACTE III.

SCENE PREMIERE.

MAXIMIAN, PLACIDE, APOLLINAIRE,
MARTIAN.

PLACIDE.

A conftance, Seigneur, eftonne tout le
monde,
Il n'a fur tout le corps qu'vne playe
profonde ;
Les foüets & les baftons ont efpuisé fon flanc,
Mais il nage en la joye aufsi bien qu'en le fanc,
Glorieux de fouffrir il rit de fon fupplice
Et laffe les bourreaux.

MAXIMIAN.

Ha cruelle malice !
Ha d'vne ame enragée incroyable fureur ?
Qu'vn Chreftien en fouffrät furmonte vn Empereur,

Que toutes les rigueurs cedent à son courage
Et que tout mon pouuoir soit moindre que sa rage.
Ha l'obstination; ha l'endurcissement
Qui fait mon desespoir & mon estonnement!
Sa mort sera pour moy trop tardiue ou trop prompte
S'il meurt en me brauant ou s'il vit à ma honte,
Et de quelque costé que ie tourne les yeux
Tout combat mes desseins & l'honeur de nos Dieux.

MARTIAN.

Estouffez le venin dans le sang de la beste,
Car l'vnique remede est d'abbatre sa teste,
Aussi bien c'est en vain qu'on pretend l'esbranler,
Deut-il voir sur vn gril ses membres petiller,
Ou de bouillons de plomb arrouser ses blessures,
Deut-il finir sa vie entre mille morsures
De tigres affamez & souffrir en vn corps
Toutes les cruautez des plus horribles morts,
Tousiours inexorable & tyran de soy-mesme
Il paroistra joyeux dans vn tourment extreme,
Et vous reconnoistrez apres de longs combats
Qu'on ne pouuoit trop tost l'enuoyer au trespas.

APOLLINAIRE.

Seigneur sans vous priuer d'vn si grand Capitaine
I'ay trouué le moyen de vous mettre hors de peine,
La force ne peut rien contre vn homme de cœur,

Dans

Dans les plus grands assauts son courage est vain-
    queur,
Mais la volupté seule à droict de le corrompre,
Il n'est point d'escadrons qu'elle ne puisse rompre,
Et quelque fermeté qu'il tesmoigne aujourd'huy
Ses attraits enchanteurs viendront à bout de luy.
C'est elle qu'on a veu mettre Annibal en fuite,
Qui vainquit Marc Antoine auec toute l'Egypte,
Et qui contre Adrian vsant de trahison
Dans son esprit charmé versera son poison,
Qui fera voir vaincu par l'effort des delices
Celuy qui surmontoit les plus cruels supplices.

MAXIMIAN.

Tout ce raisonnement ne me satisfait pas
Et la plus courte voye est celle du trespas,
Car le moindre bourreau peut finir à ma veuë
Le trauail importun qui m'accable & me tuë.

APOLLINAIRE.

Mais sa cendre fertile en reproduira cent
Et bien loing de finir vn ennuy si pressant
Vous allez augmenter les sujets de vos peines.

MAXIMIAN.

Falut-il des humains tarir toutes les veines,
Ne faire qu'vn tombeau de ce grand Uniuers,

L

Et me perdre en perdant tant de peuples diuers,
Contre tous les Chreſtiens i'eſtendray ma colere.

APOLLINAIRE.

Ie vous diray Seigneur ce que ie ne puis taire,
L'eſprit comme le corps eſt ſujet au poiſon,
Les charmes ſont puiſſans pour troubler la raiſon,
Et celle d'Adrian eſt ſans doute affoiblie
Par les enchantemens dont ſe ſert Natalie,
Cette magicienne adore Ieſus-Chriſt,
Et depuis treize mois aſſiegeant ſon eſprit,
Là malheureuſement attiré dans ſa ſecte.

MARTIAN,

D'vne pure chimere elle vous eſt ſuſpecte,
Ie connois Natalie, & m'oſe faire fort
Qu'on ne vous a pas fait vn fidele rapport,
Mais qu'à peine Adrian aura laiſſé la teſte
Que l'encenſoir aux mains on la trouuera preſte
De rendre aux immortels vn culte ſolemnel.

MAXIMIAN.

Placide amenez-moy ce couple criminel   Placide ſort
Qu'vne derniere fois ie leur offre mes graces,
Qu'vne derniere fois ie faſſe des menaces
Et leur donne le choix de la vie ou la mort.
Miſerable Empereur auec combien d'effort

Poursuis-tu des Chrestiens l'assemblée seduite?
Et combien s'en fait-il nonobstant ta poursuitte?
Et quãd cesserez vous, grands Dieux, de m'outrager,
Et vous vanger de moy quand ie veux vous vanger?
Doncque cette beauté pour qui Nicomedie
Nourrissoit dans les cœurs vn public incendie,
Cette image des Dieux par vn complot fatal
A declaré la guerre à son original,
Et ie me sens forcé par vn excez de zele
D'effacer pour iamais cette image infidelle.
Au moins si tant de sang que ie verse en tous lieux
Augmentoit mon repos ou le respect des Dieux;
Mais ma deuote ardeur loing de leur estre vtile
Contre eux & contre nous aigrit toute la ville,
Ie prepare aux Chrestiens vn char pour triompher,
Et t'irrite le mal que ie veux estouffer.
N'importe; Natalie, il faut que ie me venge.

MARTIAN.

Seigneur elle a changé sans renoncer au change,
Le sexe la condamne à l'instabilité,
L'erreur luy déplaira comme la verité,
Et pour l'en retirer le temps est vn remede
Auquel apres l'amour tout autre moyen cede,
L'vn & l'autre est puissant, mais ce dernier icy
Est pour y paruenir vn chemin racourcy,
Que vostre Majesté va sçauoir tout à l'heure

Moyennant qu'auec nous personne ne demeure,
Car il n'est pas besoin de découurir à tous
Les mysteres d'amour.

MAXIMIAN.

Et bien retirez-vous
Et qu'on nous laisse seuls.

SCENE II.

MAXIMIAN, MARTIAN.

MARTIAN.

Seigneur vous allez estre
Mon plus cher confident aussi bien que mon maistre,
Et ie ne craindray point d'exposer à vos yeux
D'vn cœur tout deschiré le portrait ennuyeux.
Au temps que Natalie estoit encore fille
Et l'objet des souspirs de toute cette ville,
Parmy tous les amans qui viuoient sous sa loy
Elle ne fit estat que d'Adrian & moy,
Son ame entre nous deux longuement balancée
Estoit tantost vers luy tantost vers moy poussée,
Et dans vne esperance esgale à son amour

Vn

Vn chacun receuoit des faueurs à son tour.
Mais helas ie la vis tout d'vn coup refroidie,
Et quoy que ma poursuite en deuint plus hardie,
Quoy que ma passion fit vn dernier effort
Elle me prononça ma sentence de mort.
I'en appelle à l'amour, mais l'amour la reuere,
Et trahit mon bon droit de peur de luy desplaire.
De sorte qu'Adrian est receu dans son lict,
Et moy plein de courroux, de honte, & de despit
D'vn changement soudain dont la suitte m'estonne
I'en cherche les motifs, ie refue, ie soupçonne,
Et d'vn œil espion examinant leurs mœurs
Par vn soing indiscret ie nourris mes douleurs.
La maison d'Adrian de Chrestiens tousiours pleine
Me decouuroit assez le sujet de ma peine,
Et i'aurois pû iuger dans vne autre saison
Qu'ils s'estoient assemblez pour quelque trahison,
Qu'ils auoient conspiré pour me dresser vn piege
Et qu'enfin Natalie aimoit par sortilege :
Mais dans l'estonnement ou l'amour m'auoit mis
Et duquel pour ce coup ie n'estois pas remis
Ie n'apperceuois pas les choses les plus claires,
Et les moindres objets me sembloient des mysteres.
Il n'est point de douleur si forte que le temps;
Ce grand consolateur de tous les mescontens,
Adoucit la rigueur de mon sort deplorable
Et le bon-heur d'autruy me deuint supportable.

M

Déja treize croissans ont assemblé leurs bouts
Depuis que Natalie est auec son espoux,
Et souz le desespoir ma flamme enseuelie
N'auoit plus pour obiet les yeux de Natalie,
Lors que de mon riual la iuste aduersité
A rallumé mes foeux & ma temerité.
I'attendois qu'il mourroit & que i'aurois sa femme,
Et desia cét espoir auoit flatté mon ame,
Desia tout conspiroit à mon contentement
Lors qu'on m'a menacé d'vn triste euenement,
Et qu'en vostre presence on a dressé contre elle
Vne accusation dangereuse & cruelle
Qui l'expose aux rigueurs d'vn lamentable sort
Si pour s'en garantir l'amour ne fait effort.
Ie ne viens pas Seigneur dans ce danger extreme
Demander qu'elle viue à cause que ie l'aime
Contre tous les Chrestiens ie suis trop irrité
Pour faire en sa faueur cette inciuilité.
Ie demande vn delay c'est toute la priere
Que Martian vous doit & vous desire faire;
Differez quelques iours de la persecuter
Et me donnez le temps d'agir & de tenter,
Par vostre authorité moyennez ma conqueste,
Et d'vn commandement appuyez ma requeste,
Afin que possedant le comble de mon bien
I'efface de son coeur tout sentiment Chrestien,
Ie luy donne vn dégoust du Dieu qu'elle respecte

Et de iuftes mefpris des fables de fa fecte,
L'amour eft mon docteur cét inuincible enfant
Des plus forts arguments me rendra triomphant,
Et traifnera bien-toft d'vne douce maniere
Iufqu'au pied des Autels fa belle prifonniere.
Cependant n'employez ny fer ny cruauté
Contre cette fuperbe & charmante beauté,
Laiffez à mon amour vn objet honorable
Et fouffrez vn moment vne telle coulpable.

MAXIMIAN.

Ouy ie te le promets & ne permettray pas
Que la moindre contrainte altere fes appas,
Ie fuis en ta faueur refolu de l'attendre
Ie te dois cette grace & ne m'en puis deffendre.

MAXIMIAN.

Ie n'efperois pas moins de voftre Majefté
Que l'ordinaire effect d'vne extreme bonté,
Et i'ofe prefumer que cette bonté mefme
Agira pour ma flamme enuers celle que i'aime.

MAXIMIAN.

Ouy fi noftre infenfible eft encor cette fois
Dans la haine des Dieux & le mefpris des lois,
Si fon impieté n'entend à paix ny treue
Ie feray mes efforts pour t'obtenir fa vefue.

SCENE III.

ADRIAN, NATALIE, MAXIMIAN, APOLLINAIRE, PLACIDE, MARTIAN.

MAXITIAN.

Estes vous arriuez?

PLACIDE.

Ouy Seigneur nous voicy.

MAXIMIAN.

Il est demy vaincu, la frayeur la transi.

ADRIAN.

Vous tournez sans raison à mon desaduantage
Les traits decolorez de ce pasle visage;
Si là perte du sang luy rauit l'enbonpoint
La force de l'esprit ne s'en affoiblit point,
Mon ame inuiøble aux plus fortes atteintes
Est dans vne assiette inaccessible aux craintes,
Et ie viens derechef me presenter à vous

Prest

Preſt de ſeruir de blanc contre de nouueaux coups.

MAXIMIAN.

Et moy plus qu'attendri par ta miſere extreme
Te conjure d'ouir vn Empereur qui t'aime,
Et que de ta valeur l'importun ſouuenir
Ne pouuant te ſauuer retarde de punir.
Aye pitié de toy, rappelle en ta penſée
Le glorieux eſtat de ta vie paſſée,
Les beautez de la cour, la faueur, les amis,
Tout ce qu'à tes esgaux la fortune a permis,
L'honneur, la volupté, les richeſſes, la force;
Et ne refuſe plus vne ſi douce amorce.
Ie te feray ſi grand par mes frequents bien faits
Qu'ils pourront effacer les affronts qu'on t'a faits
Et toy meſme ſurpris d'vne ſi haute gloire
Pour la mieux poſſeder en perdras la memoire;
Ie veux que Natalie ait part à ce bon-heur
Et chez l'Imperatrice vne place d'honneur,
Que mon exemple inuite vn chacun a luy plaire
Qu'on pardonne & puniſſe à ſa ſeule priere,
Et qu'ayant l'vn pour l'autre vne entiere amitié
Ta gloire par la ſienne augmente de moitié.

ADRIAN.

Vous me faites Seigneur vn offre ineſtimable.

N

NATALIE.

Quoy vous laschez le pied Martyr inesbranlable?
Modelle des Chrestiens, hoste du sainct Esprit,
Quoy vous parlementez soldat de Iesus-Christ?
Et renoncez sans honte aux palmes immortelles
Que nostre Dieu prepare à vos efforts fidelles.
Ha fuyez cher espoux, mais fuyez promptement
Des Diables conjurez le fatal truchement,
Fuyez le chant trompeur des traistresses Sirenes
Et du premier serpent les mortelles haleines.

ADRIAN.

Ouy Seigneur vos presens ont droit de m'esbloüir,
Mais iusques à quel temps m'en ferez vous joüir,
Iusques ou s'estendra ma douce destinée?

MAXIMIAN.

Iusqu'au terme commun dont la vie est bornée,
Et ce terme est cent ans, quoy que dans vn besoin
On trouue des vieillards qui sont allez plus loin.

ADRIAN.

Et pour viure à souhait pendant si peu d'années
Ie me verray reduit chez les ames damnées
Aux brasiers deuorans & vne eternité
Ne pourra terminer mon infelicité.

Pour le temps incertain d'vn plaisir perissable
Ie seray pour iamais sous l'empire du diable,
Et gesné sans repos dans ces antres infects
Ou le courroux de Dieu se vange des forfaicts,
Ie perdray pour si peu d'ineffables delices :
Ha plustost, ha plustost redoublez mes supplices,
Couppez, bruslez, brisez, dechirez sans pitié
De ce corps tout rompu la sanglante moitié,
De ces os esbranlez disloquez les iointures
Et foulez hardiment mes nerfs dans les tortures,
Non, non ie ne suis pas si peu iudicieux
De preferer la terre au Royaume des Cieux
Ie mourray sans regret pour y viure sans cesse,
Et pour m'en detourner c'est en vain qu'on me presse

NATALIE.

Ha ie vous reconnois à ce noble discours
Pour le digne sujet de mes chastes amours ;
Courage cher espoux poursuiuez vostre course
Quand nostre ame est perduë on n'a plus de resource,
En vn si grand affaire il n'est point de milieu,
Il faut viure infidelle ou mourir pour son Dieu,
Et trouuer en la mort la source de la vie
Ou d'vne mort sans fin voir la sienne suiuie.

APOLLINAIRE.

As tu soif de son sang monstre de cruauté ?

MARTIAN.

Monsieur respectez plus sa diuine beauté,
Si dans les immortels le crime est venerable
On doit tout supporter d'vne telle coulpable.

APOLLINAIRE.

Cette sorciere infame à seduit son espoux,
Et ie ne puis contre elle auoir trop de courroux.

MAXIMIAN.

Ie desespere enfin qu'Adrian se repente,
Et i'attends seulement que sa mort espouuante
Sa complice obstinèe, & qu'vn sort plus heureux
Luy fasse preuenir vn decret rigoureux;
Elle aura cependant liberté de tout faire.

NATALIE.

Ie ne crains point la mort, tant s'en faut ie l'espere,
C'est l'objet glorieux de mon ardent desir.

MAXIMIAN.

On te l'accordera prens vn peu de loisir
Si l'exemple d'autruy ne peut te rendre sage
Tu n'auras pas sujet de craindre vn long vefuage.
Enfin tu vas mourir infortuné Chrestien,
Et voila tout le fruit d'vn si long entretien;

Hd

Ha perdons du paßé la trop senfible image,
Et changeons tout à fait nos tendreßes en rage,
D'vn amour irrité fuiuons les mouuemens,
Immolons cét ingrat à nos reßentimens,
Abandonnons fa tefte aux bourreaux qui l'atten-
   dent
Et rendons la iuftice aux Dieux qui la demandent.

APOLLINAIRE.

Entendez-moy Seigneur.

MAXIMIAN.

               Il n'eft plus à propos
Que pour ce malheureux ie trouble mon repos.
Qu'on le meine en prifon & la, fi bon vous femble,
Pour le mieux attaquer paßez la nuict enfemble,
Mais s'il refifte encore à ce dernier effort,
Qu'on ne differe plus de luy donner la mort.

O

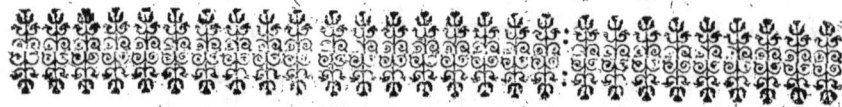

SCENE IV.

ADRIAN, NATALIE, APOLLINAIRE, PLACIDE.

NATALIE.

ENfin, ô cher objet de mes saintes delices,
Ie puis en liberté baiser vos cicatrices,
Et prendre dans ce sang qui coule à gros boüillons,
Pour releuer mon tein d'illustres vermillons,
Ie puis en recueillir les gouttes precieuses,
Ie puis en receuoir les taches glorieuses,
Ie puis me consoler de mes longues douleurs,
Et iouïr d'vn bon-heur qui couste tant de pleurs.
Mesnagez cher espoux cette haute fortune,
Souffrez sans vous troubler la poursuite importune
De ces fascheux amis dont l'aueugle amitié
Armera contre vous vne folle pitié,
Au plus fort des combats pensez à la victoire
Et regardez en haut le lieu de vostre gloire,
Priez les saincts Martyrs, & de bouche & d'esprit
Inuoquez à tous coups le nom de Iesus-Christ.

ADRIAN.

Dieu qui m'a iusqu'icy presté son assistance
Quand ma douleur augmente, augmente ma con-
    stance,
Et ie ne doute point ayant vn tel appuy
De triompher demain aussi bien qu'auiourd'huy.

NATALIE.

Voyez de quel bon-heur cette gloire est suiuie
Vous versez sang pour sang, donnez vie pour vie,
Et vous sacrifiez à celuy qui pour vous
Victime de son Pere est mort percé de cloux,
Mais adieu cher espoux, allez dresser ma place
Aux lieux ou les Chrestiens verront Dieu face à
    face.

ADRIAN.

Non, non, ie n'entends pas faire icy nos adieux,
I'espere encor vous voir & mourir à vos yeux;
Ie vous aduertiray du temps de mon màrtyre.

NATALIE.

Et moy ie vous embrasse & puis ie me retire.

Fin du troisiesme Acte.

ACTE IV.

SCENE PREMIERE.

NATALIE ET THEODORE, QVI POVR
AVOIR ENTREE DANS LA PIRSON
s'eſtoient déguiſées en hommes.

NATALIE.

Ouuions nous ſouhaiter vn plus heu-
reux ſuccez?
Pouuiõs nous eſperer vn plus facile accez?
C'eſt au Dieu des Chreſtiens....

THEODORE

Par ma foy ma couſine,
ɪe ne vous ay iamais trouué ſi bonne mine,
Vous ſemblez vn Hercule ou pour mieux dire vn
Mars
Tant de brillans éclairs partent de vos regards.
Mais qui peut raſſurer ma pudeur alarmée

De

De me voir toute seule auec vous enfermée,
Quoy que ie participe à ce deguisement;
I'en reçois ie vous iure vn peu d'estonnement,
Et si vous me croyez nous reprendrons nos robes.

NATALIE.

Ha folle c'en est trop, enuain tu te dérobes
Dans ces amusemens aux charmes amoureux
D'vn Dieu qu'on ne peut voir sans deuenir heureux.
N'importe il te ferarequeste sur requeste,
Et tu ne peux manquer d'estre vn iour sa conqueste.

THEODORE.

Et bien ie l'attendray, mais vous ne pensez point
Que quelqu'vn peut entrer & nous voir en pour-
      point,
Allons retirons-nous dans la chambre voisine.

NATALIE.

Entrez ie vous suiuray.

THEODORE

                          Viste chere cousine
Montrez moy le chemin & vous deshabillez.

Elles pas-
sent chan-
ger d'ha-
bits dans
vne autre
chambre

NATALIE.

Voulez-vous reposer? ie voy que vous bailez
                                          P

Pour nous autres Chrestiens nous sommes faits aux
veilles.

THEODORE.

Et contre le sommeil ie resiste à merueilles.
Ce coler a besoin d'estre vn peu raçourcy,
Il m'a blessé la gorge & ces chausses aussi,
Ont besoin du cizeau, pour cette houpelande
Quoy que ie la replie elle est encor trop grande,
Ie ne suis pas de taille à porter ces habits.
Mais ou puis-je auoir mis ma juppe de tabis?
Helas il est bien vray qu'on s'oublie soy-mesme
Pour le seul interest des personnes qu'on aime.

NATALIE.

Vous me pressiez tantost & vous n'auez pas fait.

THEODORE.

Aydez moy ie vous prie à lacer mon corset,
Dieux qu'il est importun d'aller ainsi tonduë,
Ie croy qu'en peu de iours i'en seray morfonduë
Et sans me repentir d'vne bonne action
I'eusse bien souhaité quelqu'autre inuention,
Mais ie m'afflige à tort pour vn mal sane resource.

NATALIE.

Déja l'astre du iour a commencé sa course

Et ses premiers rayons espandus dans les airs
Inuitent au trauail tout ce grand vniuers,
Si vous estes d'humeur nous ferons quelque ouurage.
Pour charmer le sommeil qui flatte mon courage
Et se coule de force en mes yeux impuissans.

THEODORE.

Tout ce que vous voudrez, aussi bien i'ay ceans.
Vn peu de broderie

Avāt repris leurs
habits, elles re-
uiennent dans la
premiere cham-
bre.

NATALIE.

Ha qu'elle est delicate,
Que les traits sont hardis & que la soye éclatte,
Mais que pretendez vous par ces diuers combats?

THEODORE.

Representer Hercule, & l'inuincible bras
De cét illustre heros auquel ie suis deuote,
Et pour qui ie fais faire vne agreable grotte,
Ou diuers coquillage orne le bastiment;
Ie destine aux parois ce diuertissement;
Tous ces petits carrez qui seruent de bordure
Font de ses grands exploits vne brieue peinture,
Et ce large milieu qui n'est pas encor plein
Seruira de theatre à sa tragique fin,

NATALIE.

Vostre Hercule me semble vne belle figure
Du grand Dieu des Chrestiens mort pour sa crea-
  ture,
Et leur conformité vous doit ouurir les yeux
Pour quitter sans regret vos fables & vos Dieux.
Iesus dont le trepas est peint dans mon ouurage
Fust bien le fort des forts, & le meilleur courage,
A qui l'astre du iour ait presté sa clarté.
Ayant determiné dans son eternité
Pour sauuer les mortels de prendre leur nature
Il choisit dans les flancs d'vne Vierge tres-pure
Le sang que l'esprit sainct anima de son feu
Et fust fait fils de femme aussi bien que de Dieu.
A peine estoit il né qu'il declara la guerre
Aux monstres conjurez pour rauager la terre,
Il attaqua le diable, & le monde, & la chair
Et tout ce dont l'enfer s'efforce d'allecher,
Il arma contre luy sa puissance infinie
Et destruisit enfin sa longue tyrannie.
Alors ce Dieu vestu de nostre humanité
Sentit le bras pesant de son Pere irrité,
Vne fureur d'amour ouurant toutes ses veines
Donna son corps en proye aux plus cruelles peines,
Son ardeur le porta sur vn infame bois
Et dressa pour sa mort le bucher de la Croix.

Le Ciel le vit bruſlant ſur cette teiſte couche
Et declarant ſon feu par la ſoif de ſa bouche,
Chacun de ſes ſouſpirs fuſt vn ſouffle enflamé,
Et ſa mort nous apprend qu'il nous a trop aimé?
Mais l'effort violent d'vne amoureuſe flame
Qui dechirant ſon corps donna ſortie à l'ame
Rencontrant vn rempart d'impaſſibilité
Ne fit point de bleſſure à ſa diuinité,
Sa nature Diuine incapable de peine
Contemploit les tourmens de ſa nature humaine,
Qui le troiſieſme iour ſortie du tombeau
Fit voir ce qu'en la gloire vn corps à de plus beaus.

SCENE II.

FAVSTE, NATALIE, THEODORE.

FAVSTE.

HA Madame il eſt temps que vos triſtes pau-
       pieres
Mettent en liberté leurs larmes priſonnieres,
Et que voſtre cœur s'ouure au bruit de ma douleur
Pour ietter des ſouſpirs dignes d'vn grand malheur.

Q

NATALIE.

Ie iuge a ton discours qu'Adrian est sans vie,
Mais, bien loing que sa mort d'aucun deüil soit
    suiuie,
Si le moindre souspir surprenoit ma raison
Tu me verrois rougir de cette trahison.

FAVSTE.

Ha rougissez plustost d'vne autre plus sensible,
Mon Maistre en est l'autheur; ce courage inuincible
Se lasse de courir prest d'arriuer au blanc,
Et proche de la mort mesnage vn peu sang.
Ie suis au desespoir ce changement m'accable,
Et i'en ay tout l'ennuy dont vne ame est capable
Sans que ma passion ait assez de pouuoir
Pour vous rendre estonnée ou pour vous esmouuoir.

NATALIE.

On n'est gueres touché d'vne chose incroyable.

FAVSTE.

Mes yeux sont faux tesmoins ou ie suis veritable,
Ie l'ay veu tout l'heure il est hors de prison,
Et tout brisé qu'il est se traisne en sa maison;
Vous l'allez voir venir.

NATALIE.

> Vne ame si sublime
> Auroit-elle bien pû consentir à ce crime?

SCENE III.

ADRIAN, NATALIE, FAVSTE,
THEODORE.

NATALIE.

Ais le voicy le lasche il n'en faut plus
    douter,
Luy qui n'ose mourir s'ose bien presenter
Il peut bien sans rougir paroistre dans la ruë
Et redoute vn tyran sans redouter ma veuë.

Elle quitte son ouurage, & court luy fermer la porte.

Ha homme sans honneur esloigne toy de moy,
Porte ailleurs que ceans le debris de ta foy,
Va chercher dans quelque antre vne retraite
    prompte,
Et fuis d'vne maison que tu remplis de honte,
Tu ne dois plus iamais pretendre à mon amour,
Et tu ne deurois plus enuisager le iour.
Le souuenir vangeur de ta foiblesse extreme

Ne te permettra pas de te souffrir toy-mesme,
Et ne pouuant fuir l'image de ton Dieu,
Ton crime & ton enfer te suiuront en tout lieu.
Ha que ma vanité se trouue bien punie
Du cruel contrepoids de ton ignominie,
Moy qui me promettois auant ton repentir
Le tiltre glorieux de veufue de Martyr
Suis femme d'Apostat, & ton lasche courage
Ne conçoit point d'horreur d'vn si sensible outrage.

ADRIAN.

Auec moins de transport vous me connoistriez
mieux.

NATALIE.

Quoy tu pretends encore imposer a mes yeux,
N'es-tu pas renegat, n'es-tu pas infidelle?
N'as-tu pas parfumé d'vne main criminelle
Les Statuës des Dieux, & ta temerité
Censure les transports de mon cœur irrité.
Va ie ne reçois point vn deserteur, vn traistre,
Qui peut bien me trahir puis qu'il trahit son maistre,
Qui peut changer d'amour comme il a fait de foy.

ADRIAN.

Madame encor vn coup de grace escoutez moy,
Toutes les morts n'ont rien que mon ame redoute.

NATALIE.

NATALIE.

Ta presence en ces lieux ne souffre point qu'on
   doute.
Va flatter l'Empereur qui t'a mis hors des fers,
Va donner de l'encens aux demons que tu sers
Objet de ma colere, esclaue d'vne vie
Tousiours d'inquietude & de malheurs suiuie.

ADRIAN.

Ha madame sortez de cét aueuglement,
Ie viens vous inuiter à mon dernier tourment,
Et par vostre presence animer mon courage
Pour franchir sans frayeur ce glorieux passage,
Dieu pour mon aduantage a permis vostre erreur,
Et d'vn si beau transport a troublé vostre cœur,
C'est luy qui vous a mis l'inuectiue à la bouche
Afin que desormais vostre exemple me touche,
Me serue d'aiguillon si ma vigueur s'abat
Et me donne asseurance au milieu du combat,
Les vingt & trois Chrestiens que la prison enferme
Pour arriuer à Dieu n'auront pas plus long terme
Les bourreaux sont tous prests & on n'attend que
   vous.

THEODORE

Ha mon frere!

R

ADRIAN.

Ouy madame il endure auec nous.

THEODORE.

Dieux que n'arrachez-vous cette vie importune
Qui fait viure auec moy ma mauuaise fortune,
Filandrieres du sort impitoyables sœurs
Couppez auec mes iours le fil de mes mal-heurs,
Ne vous obstinez plus à traisner ma fusée
Que tant d'aduersitez deuroient auoir vsée,
Et toy passe bien-tost vieux nocher rigoureux
L'infortunée sœur d'vn frere mal-heureux,
Helas ie n'en puis plus la force m'abandonne.

NATALIE.

Fauste tiens toy tousiours aupres de sa personne,
tasche de rappeller sa premiere vigœur,
Et d'adoucir l'ennuy qui luy presse le cœur,
Et vous mon cher Espoux excusez ma surprise.

ADRIAN.

A dieu mon cher valet, le Ciel te fauorise;
Mon Ange auançons nous, nous perdons trop de
temps,
Et ie differe trop le bon heur que i'attends.

NATALIE.

Ouy genereux Martyr courez à la victoire,
Aux palmes, aux lauriers, au triomphe, à la gloire.

ADRIAN.

Dites-moy, mon soucy, car apres mon decez,
Vos biens seront en proye ou du moins en procez,
Quel ordre auez vous mis pour preuenir leur perte?

NATALIE.

A de trop bas pensers voftre ame s'eft ouuerte,
Magnanime Adrian, fermez ces yeux du corps,
Et ne receuez plus ces obiets de dehors.
Dans l'efpoir des trefors que le Ciel nous prepare,
Et defquels à bon droit l'homme peut eftre auare,
On ne peut fans foiblefse indigne d'vn Chreftien
Conceuoir des regrets pour la perte du bien.
Portez, portez plus haut voftre ame genereufe
Vers le fouuerain bien qui la doit rendre heureufe,
Attachez voftre idée a ce diuin objet,
Et ne vous troublez plus d'vn foin lafche & abject.

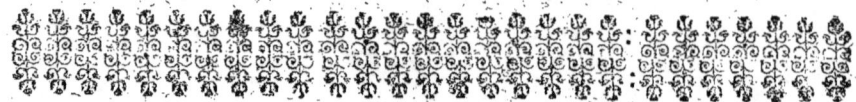

SCENE IV.

FAVSTE, THEODORE.

THEODORE.

HA Ciel inexorable, ha fortune contraire
Qui m'oſtez pour iamais la veuë de mon frere,
N'eſperez plus de moy ny victimes ny vœux.
Helas que m'a ſeruy de couper mes cheueux,
Ne valoit il pas mieux que ma main toute preſte,
A vanger ma douleur aux deſſens de ma teſte,
Eut le ſoulagement d'en faire à ſon plaiſir
Et ſuiure la fureur qui vient de me ſaiſir?

FAVSTE.

Dans les plus grands malheurs la conſtance eſt plus
belle.

THEODORE.

Dans la perte de ſiens la conſtance eſt cruelle,
Et d'vn frere ſur tout qui n'auoit point d'eſgal.
Peut eſtre a t'il deja receu le coup fatal,
Et l'auare bourreau qui rauit ſa deſpouille

Le

Le traiſne encor mourant & dans ſon ſang ſe
    ſoüille.
Ha frere malheureux! ha malheureuſe ſœur!

FAVSTE.

Mon deſtin n'agit pas auec plus de douceur,
Et ſans doute l'ennuy m'arracheroit des plaintes
Si la foy n'arreſtoit ſes plus iuſtes atteintes.
C'eſt elle qui rend l'homme inſenſible aux douleurs,
Qui de ſa viue ardeur ſeche toutes les pleurs,
Ec qui me découurant la gloire de mon maiſtre
Faict auorter le deüil que ſa mort euſt faict naiſtre.

THEODORE.

Ie ne m'eſtonne pas ſi vos cœurs endurcis
Ne donnent point d'entrée aux plus iuſtes ſoucis;
Dans le ſang des enfans dont vos Autels rougiſſent
Vous noyez la pitié; vos fureurs s'eſtabliſſent,
Par ces objets d'horreur & voſtre fermeté
Tient moins de la vertu que de la cruauté.
Barbares meurtriers d'innocentes victimes
Ceſſez de cenſurer mes tranſports legitimes,
De vos faſcheux conſeils ie ne prends point la loy,
Et le deſeſpoir ſeul eſt eſcouté de moy.

FAVSTE.

Voila de vos Docteurs les laſches calomnies,

S

On ne voit rien d'impur dans nos ceremonies,
Le sang des animaux en est mesme banny.
O grand Dieu qui bruslez d'vn amour infiny
Pour la nature humaine éclairez Theodore,
Montrez luy vostre face, & qu'elle vous adore,
Et par ces doux rayons qui penetrent les cœurs
Illuminez son ame & tarissez ses pleurs.

THEODORE.

Va laisse moy pleurer ie suis inconsolable.
Ie ne sçay d'où prouient cét esclat effroyable, *Elle entend*
Le visage du Ciel n'en sembloit point parler. *vn esclat de tonnerre.*

FAVSTE.

Il ne procede point des qualitez de l'air
C'est vne nouueauté dont i'ignore la cause.

THEODORE.

Helas mon triste cœur veut esperer & n'ose.
Si le bon Iupiter attendry par mes pleurs
Faisoit choir ses carreaux sur les executeurs,
S'il ouuroit pour la fuite vn chemin à mon frere,
Et combattoit pour luy; mais qu'est ce que i'espere
Mon frere est le plus grand de tous ses ennemis,
Et quand mesme le Ciel à mes desirs soubmis
Auroit voulu laisser sa fuite en sa puissance
Son courage brutal y feroit resistance,

Et malgré sa faueur attendroit les bourreaux
Pour offrir derechef sa teste à leurs couteaux;
Ha ce n'est point pour luy que grondoit la tempeste,
Sa colere plustot esclattoit sur la teste
Des insolens Chrestiens qui de leurs echafaux
Vomissoient à l'enuy des blasphemes nouueaux,
Et d'vne bouche impie excitoient cét orage
Dont la furie arreste & leur vie & leur rage,
Le tonnerre est tousiours messager de malheurs.

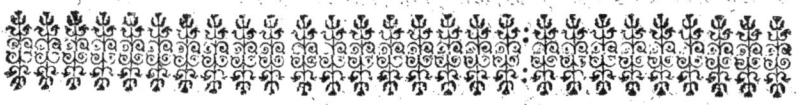

SCENE V.

FAVSTE, NATALIE, THEODORE.

NATALIE.

Q Voy ie vous trouue encor plongée dans les
     pleurs!
Parmy tant de suiets d'vne iuste allegresse
Vostre ame sans raison s'obstine en la tristesse,
A quoy bon ces souspirs?

THEODORE.

              Et bien frere est mort.

NATALIE.

Il vit dans l'Empirée.

THEODORE.

Ha foible reconfort
Pire que ma douleur! mon mal eſt veritable
Et pour le ſoulager on m'allegue vne fable;
Allez porter ailleurs vos conſolations
Ie ne me repais pas de ſuperſtitions,
Voſtre force d'eſprit n'a point pour moy de charmes,
Et ie trouue ma gloire à me noyer de larmes.
La peine diminuë à plaindre ſa rigueur,
Et l'ame par les pleurs décharge ſa douleur.
Pleurez doncques mes yeux malgré leur reſiſtance,
Vangez-moy de leur fiere & barbare conſtance,
Et deuſſiez-vous enfin ſouffrir l'aueuglement
Vuidez toute l'humeur qui vous ſert d'aliment;
Ie dois ce ſacrifice aux manes de mon frere.

NATALIE.

D'vn tonnerre impreueu l'eſclatante colere
N'at'elle point ietté l'alarme en vos eſprits.

THEODORE.

Ce changement de temps nous a tous deux ſurpris.

NATALIE.

NATALIE.

En vain l'idolatrie apres cette tempeste
D'vn temeraire effort voudra leuer la teste,
Le Ciel d'vn coup de foudre à renuersé ses dieux,
Et ses feux ont offert la lumiere à vos yeux.
Nul ne peut reuoquer ce grand miracle en doute,
A la veuë duquel l'enfer est en déroute,
Mais auant sur ce point contenter vos desirs
Sçachez comment sont morts nos genereux martyrs.

THEODORE

Que i'escoute vne histoire, & cruelle, & funeste
Qui m'arrache des yeux ce peu d'humeur qui reste,
Ou que degenerant dans vostre cruauté
Ie repaisse de sang ma curiosité.
Ha! ne redoublez point mes sanglots & mes plaintes,
Mon ame a ressenty d'assez viues atteintes,
Et le moindre surcroist me mettroit au cercueil.

NATALIE.

Ie n'ay pas fait dessein d'accroistre vostre deüil,
Qui, loing de s'esueiller au bruit de mon histoire,
N'osera plus paroistre aupres de tant de gloire,
Et se dissipera comme vn nuage espais
Que le pere du iour a battu de ses rais.
Nostre inuincible Heros sans changer de courage

T

Vit les preparatifs d'vn terrible carnage,
Des eschaffaux de fer, d'horribles achereaux,
Et la cruauté peinte en les yeux des bourreaux:
Tout estoit desia prest, les Chrestiens s'entrexhortent,
Et montent tous ensemble où leurs zeles les portent.
Ha qu'il faisoit beau voir ces martyrs estendus,
Les mains iointes en Croix, les yeux au ciel tendus
Appuyer sans effroy les iambes sur l'enclume.
Sur le front des bourreaux la colere s'allume,
Ils retroussent les bras, & les haches en main
Chassent à leur éclat tout sentiment humain.
A peine eus-je apperçu le tranchant de leur lame
Qu'vne iniuste frayeur s'empara de mon ame.
Ie me representay leurs effroiables coups
Capables d'arrester l'ardeur de mon Espoux,
Et mon zele accourant pour s'oustraire à sa veuë
Tout ce qui peut troubler vne ame irresoluë,
I'exhorte les bourreaux de commencer par luy;
Quand l'vn deux retirant sa hache de l'estuy
En faict en se tournant vne rude descharge,
Des troncs & des tronçons découle vn ruisseau large.
Courage cher Espoux luy dis-ie en l'embrassant
Le ciel ne se prend pas d'vn effort languissant,
Iesus-Christ combatit pour auoir la victoire,
Il luy fallut souffrir pour entrer dans sa gloire,
Et fraier vn chemin que son sang arrosa.
Luy soudain s'esleuant m'embrasse & me baisa,

Puis me tendant la main, ie l'accepte luy dis-je,
Ce present cher Espoux me console & m'oblige,
Coupez dis-je aux bourreaux ce gage pretieux
Que mon mary me laisse auant fermer les yeux.
Et puis ie l'enueloppe encor toute sanglante
Cependant qu'Adrian d'vne œillade mourante
Enuisage le ciel & rend son ame à Dieu.
l'entends ses compagnons qui me crient à dieu,
Et me tournant vers eux, lumiere des fidelles,
Oiseaux de paradis sans pieds, mais non sans aisles
Volez, dis je à iamais vers l'obiect desiré:
Tout nage dans le sang & leur cœur alteré
Se seche & s'estreissit, la mort pasle & défaicte
Imprime sur leur front vne image parfaicte
De ses funestes traits, leurs membres dispersez,
Par vn barbare effort l'vn sur l'autre entassez
Grossissent vn bucher, la flamme impatiente
Semble desia baiser leur perruque sanglante,
Les torches des bourreaux irritent sa chaleur,
Quand le ciel se courrouce & changeant de couleur
Faict resoudre en torrents les vastes corps des nuës:
Tous les vents déchainez vont parcourir les rues,
Esbranlent les maisons & se chargeant déclair
Se fforcent de chasser l'obscurité de l'air,
Les tonnerres font bruit, les foudres & la gresle
A l'entour du bucher arriuent pesle mesle,
Les bourreaux effrayez cherchent à se sauuer

Pendant que les Chreſtiens ſe haſtent d'enleuer
Les corps ſainſts des martyrs, & qu'encor hors
    d'haleine
Ie viens par ce recit ſoulager voſtre peine.
Chaſſez donc deſormais tout obieſt de douleur,
Et prenez auec nous part à voſtre bon-heur.

THEODORE.

Ouy malgrè les refus de mon ame obſtinée
Ie gouſte le bon-heur de noſtre deſtinée,
Un attraiſt incognu s'empare de mon cœur
Et remplit mon eſprit d'vn iour plein de douceur;
Vos myſteres pour moy n'ont plus meſme viſage,
Leur eſclat me ſurprend & leur beauté m'engage,
Tout m'y paroiſt ſublime & la mort des martyrs
Qui vient de m'arracher tant d'iniuſtes ſouſpirs
Au lieu de m'affligèr me donne de l'enuie,
Et mon ſeul deſplaiſir eſt d'eſtre encore en vie;
Mais que n'allons nous rendre à leurs membres eſpars
Tous les honneurs qu'on rend à ceux de nos Ceſars.
Que n'allons nous par tout employer les orfeures,
Que n'allons nous coller nos bouches ſur leurs leures
Et nous ſanctifier par leur attouchement;
Auant mettre leurs corps dedans le monument

Natalie découurant la main de ſon mary.

Commençez dés ce lieu, ie porte vne relique,

                                    C'eſt

De mon cher *Adrian* present si magnifique,
Que le siecle present & la posterité
Uanteront à lenuy sa liberalité.

THEODORE.

O main dont la presence excite mes tendresses:

FAVSTE.

O main dont chaque iour esclaira les largesses:
Mais tousiours employée aux grandes actions
Commence à receuoir des adorations.

THEODORE.

C'est donc toy belle main qu'on voyoit dans l'armée
D'un courage inuincible aux combats animée,
Faire tomber sous soy les plus hardis guerriers
Et d'un loüable effort arracher leurs lauriers.

NATALIE.

Mais plustost qu'on verra dans le Ciel Empirée
Des palmes des *Martyrs* à iamais honorez;
O glorieuse main traisnez nous apres vous
Quand vous serez remise au bras de mon espoux,
Qu'à ce moment heureux Dieu s'unisse à nostre ame,
Vous au bras d'*Adrian*, *Adrian* à sa femme,
Et qu'en cette union nous rions des tyrans
Et contions sans vieillir vn nombre infiny d'ans.

V

Mais vous, chere cousine, à qui Dieu fait la grace
De n'auoir plus ce cœur enuironné de glace,
De n'auoir plus des yeux si rebelles au iour,
Qui vous laissez surprédre aux traits de son amour,
Qui detestez l'erreur & ces sales images
Qui n'agueres de vous receuoient des homages,
Et rompez les liens qui vous ont arresté
Qui croyez-vous autheur de vostre liberté?

THEODORE.

Dieu seul en est l'autheur, son bras seul est capable
D'abbaisser nos esprits sous son joug adorable.

NATALIE.

Mais encore quelqu'vn vous moyenne ce bien.

THEODORE.

Les iugemens de Dieu sont au dessus du mien.

NATALIE.

Quoy qu'en soy ses desseins soient incomprehensibles
Souuent dans leurs effects il se rendent visibles,
Et tous ceux qui sçauront vostre conuersion
Diront qu'on ne pert point vne bonne action,
Que l'ame des Martys pleins de reconnoissance
Sollicite pour vous la diuine clemence,
Et fait de vos cheueux couppez en leur faueur

Des liens aufquels Dieu laiſſe enchaiſner ſon cœur.
Mais ne nous laſſons point de ces ſaincts exercices,
Dieu veut eſtre le prix de nos moindres ſeruices,
Et pour vn verre d'eau qu'on donne à ſon honneur
Rend vne eternite de gloire & de bonheur:
Nos charitez n'ont plus leur ſujet ordinaire,
Mais iamais la vertu ne manque de matiere,
Les pauures ſont par tout & ſans aller plus loing
Les Martys en leurs corps exigent noſtre ſoing.
Allons les aſſeurer des mains des infidelles,
Allons offrir nos biens pour baſtir leurs chapelles,
Et paſſer noſtre vie aſſez proche lieu
A chanter leur victoire & la bonté de Dieu.

Fin du quatrieſme Acte.

ACTE V.

SCENE PREMIERE.

NATALIE, MARTIAN.

MARTIAN.

MAdame c'est à tort que vous versez des
     larmes,
Si la mort d'vn mary vous enleuoit vos
     charmes
Vous auriez quelque droit de n'en plus retenir,
Dans la perte d'vn bien qui ne peut reuenir
Le desplaisir est iuste autant qu'ineuitable,
Mais vostre mary seul s'est rendu miserable,
Et sa mort aujourd'huy rompt les fascheuses loix
Qui vous ont interdit la liberté du choix.
Vous pouuez desormais aspirer au plus braue
Et d'vn leger effort en faire vostre esclaue,
Ceux qui charment les cœurs se laisseront charmer
Et vous captiuerez tout ce qui peut aimer.

NATALIE.

NATALIE.

Monsieur quoy qu' Adrian soit cher à ma memoire,
Si ie pleurois sa mort ie pleurerois sa gloire,
Et semblerois douter de sa felicité
Si mes yeux s'abbaissoient a cette laschetè.
Mais vous me faites tort de croire que mon ame
Puisse sitost brusler d'vne nouuelle Flamme
Et qu'ayant enfermé mon espoux au cercueil,
L'esperance d'vn autre en efface le deüil.
Mais ie n'en conçois point sa mort estoit trop belle,
Ou plustost il joüit d'vne vie immortelle,
Et l'amour conjugal qui le fait viure en moy
M'oblige à luy garder vne eternelle foy.

MARTIAN.

Ne vous figurez pas qu'aucune ialousie
Inquiete d'vn mort la froide fantaisie :
Toutes ces passions portent bien leur flambeau
Au trauers des vapeurs qui sortent du tombeau?
Ce sont des mouuements que le corps nous inspire
Et que la mort aueugle exclut de son empire.

NATALIE.

La gloire & non la mort nous couure de leurs coups,
Mais quoy que mon mary ne puisse estre ialoux
Ie n'ay pas resolu d'en estre moins fidelle,

X

Natalie est à luy, luy seul est digne d'elle,
La veufue d'vn Martyr sans trop d'abaissement
Ne sçauroit receuoir vn Prince pour amant.
Quand le ieune Cesar m'offriroit son seruice
De son affection ie ferois mon supplice,
Et ie la combattrois auec tout mon pouuoir
Par inclination autant que par deuoir.

MARTIAN.

La mienne doit donc bien se resoudre au silence.

NATALIE.

C'est folie d'aimer quand on pert l'esperance.

MARTIAN.

Cruelle as-tu le cœur si vuide de pitié?
Ou pour m'exprimer mieux si plein d'inimitié?
Que me voyant mourir dans des langueurs ex-
    tremes
Tu ne puisse au moins feindre & dire que tu
    m'aimes,
Tu peux en m'abusant me conseruer le iour
Et sans en receuoir contenter mon amour.
Mais ô meschanceté digne d'vne Chrestienne !
Ie t'ay sauué la vie & tu m'ostes la mienne,
Sans moy tu n'aurois plus ses funestes appas,
Et tu les fais autheurs de mon cruel trépas,

Ouy c'eſt en ma faueur que l'Empereur t'endure
On te verroit ſans moy gemir dans la torture,
Et reſpandre du ſang au lieu de ces attraits
Qui lancent dans mon cœur leurs homicides traits.

SCENE II.

NATALIE, MAXIMIAN, MARTIAN.

MAXIMIAN.

ET bien quel eſt le fruict de voſtre conference ?
A t'elle de l'amour ou de l'indifference,
Et peut-on remarquer lequel eſt le plus fort
De l'eſpoir d'vn viuant ou du regret d'vn mort?

MARTIAN.

Seigneur ſa cruauté ne peut eſtre exprimée,
Cette ingrate beauté s'irrite d'eſtre aimée,
Et met au deſeſpoir vn miſerable amant
Qui ne peut ny mourir ny viure qu'en l'aimant.

MAXIMIAN.

Auſſi dans la douleur dont elle eſt tranſportée
Ie trouue ta pourſuite vn peu precipitée,

Et tu deuois sans doute attendre quelques iours
Que les pleurs s'escoulants fissent place aux amours.

NATALIE.

Il attendra long-temps s'il attend que ie l'aime.

MAXIMIAN.

Ton humeur dans six iours ne sera pas la mesme,
Et ton cœur n'estant plus ce qu'il est auiourd'huy
S'offrira de soy-mesme a de moindres que luy,
Tu ne sçais pas encor quel mal est le veufuage,
Mais bien tost sa rigueur t'abattra le courage,
Et te fera former des souhaits superflus
Pour vne occasion qui ne reuiendra plus.

NATALIE.

C'est vne occasion que ie trouue importune.

MAXIMIAN.

Porte tu tant de haine à ta bonne fortune
Que l'offre qu'on t'en fait te donne de l'ennuy?

NATALIE.

Le bon-heur d'vn Chrestien ne depend point d'autruy.

MAXIMIAN.

Si depend-il de moy de te voir malheureuse.

NATALIE.

NATALIE.

Comme il depend de vous de me voir amoureuse.

MAXIMIAN.

Ie puis te mettre aux fers.

NATALIE.

Malgré leur cruauté
I'espere d'estre heureuse & viure en liberté.

MAXIMIAN.

Mais te faisant brusler...

NATALIE.

La flamme est impuissante
Pour rendre miserable vne femme innocente,
La misere n'a point sa source en la douleur
Et le Chrestien à l'ame au dessus du malheur.

MAXIMIAN.

Et cette vanité le remplit d'insolence,
Elle fait éclatter sa desobeissance
Et le porte au mespris des Princes & des Lois.

NATALIE.

On ne tient pas pour loy tous les desirs des Rois
Y

Souuent leur paßion s'y trouue assez contraire.

MAXIMIAN.

Mais tu peux iustement te resoudre à me plaire,
Qu'elle loy te deffend d'accepter pour mary
D'vn puissant Empereur le premier fauory?

NATALIE.

Quelle loy vous permet de m'y contraindre?

MAXIMIAN.

                                                    Auguste
Qui fust esgalement sage, vaillant & iuste,
Apres beaucoup de gens perdus dans vn combat,
Fit publier la loy contre le celibat ;
La veufue la plus triste estoit remariée,
La plus chaste ceinture à l'enuy delièe,
Et les moins amoureux de leur temperament
Pour le bien de l'Estat prenoient le nom d'amant.
Ie veux que desormais cette loy restablie
Sous le ioug de l'hymen les plus reuesches lie,
Et que si dans ce soir tu n'as trouué party
Le feu de Martian soit enfin amorty.

NATALIE.

Cette loy n'a plus lieu ; dans le siecle ou nous sommes
L'homme manque de terre & non la terre d'hommes,

Et vous tesmoignez trop en nous faisant mourir
Qu'il vous importe peu de les voir tous perir.
Mais qu'ils perissent tous auant que ie m'engage
Sous le joug importun d'vn fascheux mariage.

MAXIMIAN.

En peux-tu souhaiter vn plus aduantageux ?

NATALIE.

N'estant pas volontaire il doit estre fascheux.

MAXIMIAN.

Et bien il faudra donc le rendre volontaire,
Si ie n'ay pû porter Natalie à me plaire ,
Peut-estre vne Chrestienne a moins de fermeté;
Car ie t'offre vn espoux en cette qualité;
Reçois-le ou resous toy d'abandonner la vie.

NATALIE.

Le trépas d'Adrian me donne de l'enuie,
Et vous m'obligerez à vous vouloir du bien
Si vous me preparez vn sort esgal au sien.

MAXIMIAN.

Ie te prepare bien de plus rudes atteintes
Qui te feront changer tes brauades en plaintes,
Et surpassant l'ardeur de tes vœux indiscrets

Mettront deuant nos yeux tes déplaisirs secrets.
Il n'est point de tourment si nouueau, si barbare,
Il n'est point de rigueur dont ie te sois auare;
Tout ce qu'vn corps mortel peut souffrir sans mourir
Ie veux que mon courroux te le fasse souffrir,
Et qu'apres que ton ame aura trouué sortie
Tu sois par vn bourreau traisnée à la voirie

NATALIE.

Tout ce qu'vn corps mortel peut souffrir sans mourir
Vn courage immortel peut bien mieux le souffrir,
Donnez-moy promptement à vos bourreaux en
      proye,
Plus ils seront cruels & plus i'auray de joye.

MAXIMIAN.

Ie n'attendois pas moins de ta presomption;
Mais, auant commencer vne execution
Qui par de longs tourments doit espuiser ta vie,
Ie veux que Martian contente son enuie,
Et que pour assouuir vn amour criminel
Tu sois auant la nuict conduite en vn bourdel,
Et serues de matiere aux débauches publiques.

NATALIE.

Quoy, Seigneur, que ie serue...

MAXIMIAN.

MAXIMIAN.

En vain tu me repliques,
Espouse Martian, ou sacrifie aux Dieux,
Ou reçois cét affront.

NATALIE.

Ha Signeur i'aime mieux......
Ouy l'horreur de ces lieux estonne ma constance,
Mais s'agissant d'vn choix d'vne telle importance
Permettez moy Seigneur d'y penser meurement
Et me donnez delay de trois iours seulement.

MAXIMIAN.

I'approuue ta demande, elle est iuste & i'espere
Que ton obeissance esteindra ma colere,
Que tu prefereras le beau feu d'vn amant
Aux sales cruautez d'vn honteux chastiment,
Et que ton cœur espris d'vne douce esperance
Se rira du vuefuage & de l'indifference.
Va pese auec loisir & sans affection
Ce qui fait pour ou contre en ton election;
Ressouuiens toy sur que Martian t'adore,
Que malgré ta froideur sa flamme dure encore,
Qu'il est dans ma faueur, qu'il peut tout à ma Cour
Et qu'vn heur sans pareil doit suiure son amour.

Z

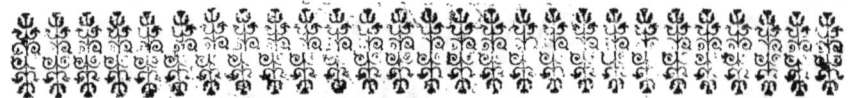

SCENE III.

NATALIE SEVLE.

STANCES.

VA barbare tyran, Dieu sera mon refuge
 Et punira ta rage auec seuerité;
Il sera ton tesmoing, ta partie, & ton iuge,
Il sera le vengeur de ma pudicité.
En vain pour eschaper au trenchant de son glaiue
 Tu tiens vn monde aupres de toy;
 Contre le berger & le Roy.
 Son bras redoutable se leue
 Et le meschant n'a point de treue
 De la douleur & de l'effroy.
Mais grand Dieu remettez mon ame en son assiette,
Rendez à ma raison sa premiere clarte,
Dissipez les brouillards de ma crainte inquiette
Et me donnez conseil contre l'impureté.
Faut-il qu'vne Chrestienne espouse vn infidelle
 Et que tous les iours à ses yeux
 Les simulacres des faux Dieux,
 Par vne offrande criminelle,

Soient malgré l'ardeur de son zele
Preferées au Roy des Cieux.

Faut il ô cher espoux dont i'adore l'image   Elle s'age-
Qu'vn de vos ennemis possede voftre bien,   noüille deuant
Faut-il que ie renonce à l'honneur du veufuage   le tableau de
Pour seruir de victime à l'amour d'vn payen?   son mary.
Faut il que ie conçoiue vne flamme estrangere
Apres auoir bruflé pour vous,
   Que celle qui fuft entre nous
   Soit vne flamme passagere,
   Et que vous fçachant dans la biere,
   I'entende encor parler d'espoux.
Helas que ce deftin feroit infupportable,
Et que la violence à bien moins de rigueur.
Quoy que fouffret les corps, l'ame n'eft point coupable,
Tandis que leurs plaifirs font naiftre fa douleur.
Plus le corps eft forcé, plus l'ame a de merite,
   Dieu la regarde en cét effort,
   Et comme l'efprit eft plus fort
   Que la chair qui le follicite,
   Quelque tempefte qui l'agitte,
   Il peut toufiours gaigner le port.
Quoy lafche ie confens à cette ignominie?
Cette pensée infame a peu me deceuoir,
Et pouuant m'affurer contre la tirannie
Mon courage vaincu s'oublie du deuoir,
Quiconque fçait mourir, fçait euiter fa honte,

Le tyran ne peut rien sur moy,
Il n'est point de si dure loy
Qu'vn beau desespoir ne surmonte,
Et l'ame genereuse & prompte
Ne veut d'autre secours que soy.
C'est de toy cher poignard que i'attends ma deffence,
Tu fus de mon mary fidelle protecteur
Et tu seras la clef qui pour ma deliurance
Ouuriras sans effroy la porte de mon cœur.
Mais puis-je sans forfait preuenir la nature,
Suis-je maistresse de ce corps,
Et Dieu qui fit tous ses ressors
Ne receuroit-il point d'injure
Si pour le garantir d'ordure
Ie mettois son portrait dehors?
Non il aimera mieux voir abbatre son temple
Que si l'impureté s'establissoit dedans,
Et cette region ne manque point d'exemple
De celles dont la mort a trompé les tyrans.
Toutesfois ce projet me remplit d'espouuante
Il n'est point de meilleur conseil
Que celuy qui suit le sommeil;
I'ay la paupiere si pesante
Qu'il faut enfin que i'y consente
Dieu me console à mon réueil.

Elle prend le poignard d'A-drian.

SCENE

SCENE IV.

SAINCT ADRIAN LVY APPAROIST
EN DORMANT.

MA sœur Dieu te regarde & ta douleur le
　　touche,
Aucune impureté ne soüillera ma couche,
Il va donner relasche à tes iustes souspirs
Et te faire bien-tost compagne des Martyrs.
On transporte par mer nos cendres dans Bisanu.
Une nef les va suiure, entre auec confiance
Dans ce logis flottant, & deslors qua le roc
De son ancre crochuë aura receu le choc,
Va remettre ma main dans sa place premiere:
Aussi-tost le sommeil volant dans ta paupiere
Ie viendray t'annoncer vn agreable sort
Et te declarer l'heure & l'ordre de ta mort.

NATALIE S'ESVEILLANT.

Que vois je ou qu'ay-je veu ? suis-je encor dans ce
　　songe
Dont mon ame charmée adore le mensonge,

Aa

Ou si mes sens remis se pleignent du reueil
Qui vient de leur rauir vn si riche sommeil?

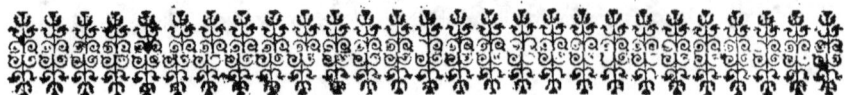

SCENE III.

FAVSTE, NATALIE.

FAVSTE.

Madame esloignons nous, la colere diuine
Menace ce païs d'vne entiere ruine,
Car le gage fatal de sa prosperité
Se va donner aux Grecs qui l'ont mieux merité.
Ouy des Marchands Chrestiens enleuent sa richesse
Et vont de sa dépoüille orner toute la Grece;
Leurs vaisseaux sont chargez des corps de nos
      Martyrs,
Et le vent attentif à regler ses souspirs
Les pousse dans Bisance, on diroit que la flotte
A quelque Ange estably pour seruir de pilotte,
Vostre cousine suit d'vn regard empressé
Ce que l'esloignement n'en a point effacé,
Et pour courir apres retient sur le riuage
Vn Nauire chargé d'vn precieux bagage;
Elle n'attend que vous, ou pour vous dire adieu,

Ou pour fuïr ensemble vn si malheureux lieu.

NATALIE.

Fauste c'est mon dessein, ainsi Dieu le desire,
Ainsi dans mon sommeil vn beau songe m'inspire,
Vn songe si remply d'honnestes voluptez
Qu'à son seul souuenir mes sens sont enchantez.
La veille & le trauail m'auoient faict condes-
　　cendre
A prendre le sommeil qui taschoit de me prendre,
Lors qu'il me sembla voir mon espoux glorieux
Dans la pompe & l'esclat d'vn citoyen des Cieux
S'approcher de mon lict; ce n'estoit plus le mesme,
Ce tein si decharné, si languissant, si blesme
Ou la mort auoit fait ses plus tristes portraits,
Ce tein estoit vermeil & plus vif & plus frais
Que l'incarnat naissant d'vne rose encor tendre;
Ses yeux dont le beau feu fust caché soubs la
　　cendre,
Rendoient vn plus grand iour que le Soleil d'esté
Lors qu'aucune vapeur n'affoiblit sa clarté,
Si le moindre zephir flattant sa cheuelure
Osoit en secoüer la brillante dorure,
C'estoit autant d'éclairs, c'estoit autant de feux
Qui de leur violence ébloüissoient mes yeux;
Qui n'eust esté rauy de sa taille celeste?
Sa parole, son port, sa desmarche, son geste,

Tout surprenoit les sens, tout donnoit du respect.
Les neges & les lys noirciroient à l'aspect
De ses vestemens blancs. Enfin ie suis banie
Par son commandement loing de la Bitinie;
J'abandonne mes biens, ie m'expose à la mer,
Et pour tout entreprendre il me suffit d'aimer.

FAVSTE.

Madame i'ay dessein d'estre de la partie,
Car soubs quelque climat que ie passe ma vie
Ie viuray trop heureux seruant mon maistre en
    vous.

NATALIE.

Fidelle seruiteur de mon aimable espoux,
Ie connois tes vertus & loüe ton courage;
Viens ne differons plus ce glorieux voyage.

FAVSTE.

Quoy vous partez, Madame, & nous n'emportons
    rien?
A qui pretendez-vous reseruer vostre bien?
Ou pensez-vous aller?

NATALIE.

       Que veux-tu que i'emporte
I'ay la main d'Adrian, c'est tout ce qui m'importe,
                  Tout

Tout le reste est trop peu pour en prendre soucy.

FAVSTE.

Si ne pretends je pas partir vuide d'icy.

NATALIE.

Prends ce que tu voudras tout est en ta puissance,
Pour moy mon seul espoir est en la prouidence ,
Qui sçait assaisonner des repas tousiours prests
Aux hostes sans soucy des champs & des forests.
S'il me restoit du temps , mes richesses vendues ,
Grand nombre de maisons se verroient secourües,
Et mes soings s'estendans sur les pauures honteux
I'adoucirois le sort des plus necessiteux.

SCENE DERNIERE.

NATALIE SEVLE.

GRand Dieu dont l'œil ouuert sur la nature humaine
Ne sçauroit sans pitié contempler nostre peine,
Qui faites succeder à la plus triste nuict
Les plus brillans rayons du Soleil qui la suit.

Qui portez le beau temps dans le sein de l'orage
Graces à vos bontez ie suis hors d'esclauage,
Et ce cœur que la crainte auoit si mal traicté
Respire auec douceur l'air de la liberté.
Ie ne reuoque point vos volontez en doûte,
Ie sçay qui me conduit, ie sçay qu'elle est ma
    routte,
Et quitte sans regret le lieu de mon berceau
Pour aller dans la Grece emprunter vn tombeau.
Un genereux desir forme en moy l'esperance
Que vous allez changer la face de Bisance,
Qu'vn Empereur Chrestien renuersera ses Dieux,
Et dessus le debris de leur culte odieux
Arborera la Croix ; que les sainctes reliques
Receuront tous les iours des offrandes publiques,
Et que tout l'Vniuers flechira les genoux
Deuant le corps sacré de mon illustre espoux.

FIN.

une Laitre
2 deu Laitre
2 Laitre
2 grande de eun Sant
2 grande de Sinen
2 petite Laitre
1 petite Laitre de grenese

dese

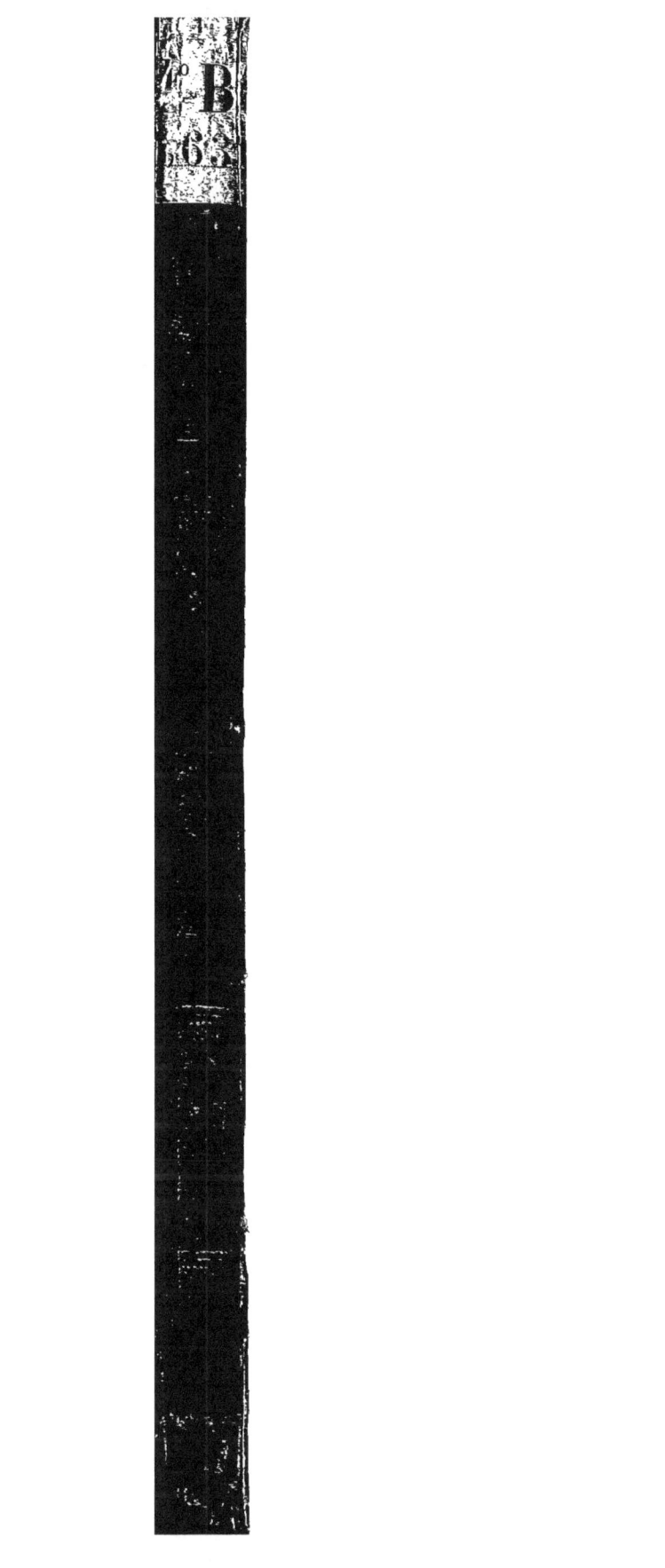

www.ingramcontent.com/pod-product-compliance
Lightning Source LLC
Chambersburg PA
CBHW071112260626
47162CB00006B/2302